— 書き下ろし長編官能小説 —

おいしい混浴温泉

桜井真琴

竹書房ラブロマン文庫

目次

※この作品は竹書房ラブロマン文庫のために
書き下ろされたものです。

第一章　人妻とふしだら混浴

1

四月。

このところ陽気がよくて、日だまりの匂いが鼻先をくすぐってくる。

奥平純平《おくひらじゅんぺい》は、散りかかる桜の花びらと縹《はなだ》色の空のコントラストを見あげながら目を細めた。

暖かな南風が吹いたと思えば、花冷えの朝もある四月。

厳しい冬から、暖かな春へとじりじりと変化していくこの時期は、純平が一年で一番好きかもしれない。

穏やかな気持ちのまま、純平は近所の渋谷《しぶや》家のインターフォンを鳴らした。

（あれ？　返事がないな。行くって言っておいたのにな）

玄関のドアに手をやってみると、すっと開いた。鍵《かぎ》をしてないのは、純平が来るとわかっていたからだろう。

奥平家と渋谷家は、ずっと家族ぐるみの付き合いだ。

純平が二十七歳になった今でも親同士の仲が良くて、用があれば鍵を開けておいて勝手に入るのも、いつもの光景だった。

「おばさーん」

呼んでも何の反応もない。

誰もいないのか。まあいいか。純平は母親から渡された春野菜をキッチンに置いておこうと勝手に上がり込んだ。

（静かだなあ）

うららかな春の休日。

帰ったらのんびりとアニメでも見ようか。

安らいだ気持ちでいたときだった。

「あ、あんッ……！」

沈黙を破るようにいきなり女の喘ぎ声が耳に届いて、穏やかな気持ちがいっぺんにぶち壊れた。

聞こえてきたのは、ドアの閉まったリビングからだ。

「たまんねえよ、美月《みづき》」

「あん、そんなにがっつかないでよぉ」

会話までドア越しに漏《も》れてきて、げんなりした。

(あいつ、男と先週別れたはずなのに。もう別の男を連れ込んでんのか)

渋谷家のひとり娘の美月は、見た目からして頭の悪そうなギャルであり、男をとっかえひっかえする軽い女なのである。

(子どもの頃は、可愛かったのになあ)

純平より四つ下で、小学校の頃は何をするにも純平についてきて離れなかった。兄のように慕っていたくせに、思春期になると、

《純平、ウザいよ。マジでだっさー》

と毛嫌いするようになって、それからずっとそんな調子なのである。

美月の声がさらに生々《なまなま》しくなってきた。

「やあん、んふぅ、くすぐったいってばぁ……あ、あんっ……ねえ、そんなにおっぱい強く吸わないでよぉ、痕《あと》がついちゃうじゃん」

「ウソつけ。乱暴にされるのがいいんだろう、へへ、おまんこ、こんなにぬるぬるさせてさあ。ほら、すげえ音してる」

「やだぁ、もう……あっ、そんなに指でかき混ぜないでよぉ、ばーか……あ、ちょっと、あっ、だめっ……ああん……あっ、あっ……」

生々しいやりとりが聞こえてきて、純平は恥ずかしくなってきた。

(実家のリビングでヤルんじゃねえよ。おばさん帰ってきたら、どうするんだよ)

美月は親の前では猫を被って、真面目な風を装っている。

でも本当はビッチであり、奔放な性格だ。

ただ、誰とでも仲良くなれるようなその性格を、奥手な純平はちょっぴりうらやましくも思っていた。

女性とは大学時代にひとりしか付き合ったことしかなくて、セックスもその彼女と数回ヤッたのが最後で五年以上していない。

「あ、ゴムねえや。なあ、美月。今日はナマでやろうぜ」

とんでもない言葉が漏れてきた。

「だーめ……やだ、やめてよっ」

「いいじゃん。ちゃんと外に出すからさ」

「何言ってんの。ばーか、だめに決まってんでしょ」

「はあ？　もうガマンできねーんだよ。男引っ張り込んで、ナマはだめとか、意味わかんねー」

「だめなもんは、だーめ。ちょっとぉ、やめてよぉ」

ドアの気こうから、どたばたと大きな物音が聞こえてくる。

（ゴ、ゴムなしはだめだろう！）

余計なお世話だろうと思いつつ、純平はリビングのドアを開けた。

「……えっ!?　な、なんだ、純平か」

ふたりが驚いてこちらを見た。

美月のブラジャーとパンティが足下にあった。床で組敷かれている美月の、巨大なおっぱいと、ミニスカートの中の恥部に目がいってしまう。

「なんだよ、美月。カレシいんのかよ。それとも兄貴か？」

男は悪びれもせず、へらへらと笑っている。

金髪で頭が悪そうな輩《やから》だ。

「……カレシじゃないよ、こんなもっさいヤツ。近所の幼なじみだよ。つーか、声聞こえただろ、なんで入ってくるんだよ、童貞っ」

美月が胸を手で隠して睨《にら》んでくる。

「……これ、ウチの母親から。春野菜、おばさんに渡してくれってよ」

テーブルの上に袋を置くと、純平はふたりには目もくれずドアの前まで戻る。

内心はドキドキしていた。

なにせクソ生意気な幼なじみは、やたらといい身体をしているのだ。

だが、鼻の下を伸ばしていてはみっともない。

「……おばさんが悲しむようなこと、するなよな」

できるだけ冷静に言って、ドアを開けて廊下に出る。

出た瞬間、汗がどっと噴き出してきた。頭の中では美月の大きなおっぱいを思い出してしまう。

口惜しいけど、美月はかなり可愛い。

前髪パッツンで茶色に染めていて、細眉も髪の色と同色だ。

睫毛《まつげ》が長くて双眸《そうぼう》は大きくてぱっちり。

肌が真っ白くて、スレンダーのくせにおっぱいやお尻は大きい。

毎日のようにスカウトやらナンパされるって自慢も、あながちウソではないと思う。

（もう二十三だもんなあ。子どもの頃はおっぱいなんかぺったんこで、男みたいだったくせに……）


家に戻った純平は、自室のベッドで横になった。

先ほどの美月の身体がもやもやと脳裏に浮かんでくる。

（すげえ身体してたなあ、あのビッチ……）

ふいに手が股間に伸びてしまって、純平は顔を横に振る。

（あんな軽い女、俺のタイプじゃねえよ。単なる幼なじみだ。妹みたいなもんなんだぞ。女として見るなんて）

そう言い聞かすも、股間が硬くなっている。

違うもので抜こうと、パソコンでエロ動画をつけてから床に座ってシコッていたときだ。

もう少しでフィニッシュというところで、背後でガチャッと音がした。

振り向くと美月がドアから顔を出した。

「なっ！」

純平は慌てて前屈みになり、勃起を隠す。

「なんだよ！　いきなり……」

「別にぃ。童貞がエロい目であたしのこと見てたからさあ。あたしをオカズにして、シコシコされたらやだなあって」

ニヒヒとイタズラっぽい笑みを浮かべて、からかってくる。

「するかよ。それに俺は童貞じゃない」

「似たようなもんでしょ。あたしのおっぱい見て、目が点になってたんだから」

美月が覗き込んできた。

「わっ、何するんだよっ！」

振り払うと、美月が後ろにすっ転んだ。

「いったあ」

美月が腰をさすっている。ミニスカートがまくれ、ムチムチした肉感的な太ももの奥の白いパンティがもろに目に飛び込んできた。

（おわっ……！）

クロッチの食い込みや、うっすらと白い布地に浮き出た縦のくぼみまでもが見えてしまう。

（ま、まずい、じっくり見ちゃったよ）

慌てて顔を上げると、美月がにんまりと笑っていた。

「よかったねー、あたしの生パンティ見れて……あんなかっこつけたこと言ってもさあ、どうせ勃《た》ってるんでしょ」

美月がまた襲いかかってきた。

「ば、ばかっ」

のしかかられて、隠していた手を離してしまい、イチモツを披露してしまう。

「きゃはは、やっぱ勃起してるじゃん……幼なじみのパンチラでそんなに興奮するんだ。あーあ、その歳でカノジョもいないんじゃ、人生真っ暗だねえ」

勝ち誇ったような顔をされた。ムッとする。

「う、うっさい、で、出てけよっ」

そのときだ。

ふいに美月が勃起をギュッとつかんできた。

射精寸前の勃起に女の手で刺激を加えられたら、どうしようもなかった。

「キャッ！」

美月の服に白濁の模様を作ってしまい、思いっきりグーで殴られた。

2

（ホントにこんなところにあるのかな）

純平は枝のたわみかかる細い獣道《けものみち》を下りながら、混浴のできる秘湯を探して山奥まで来てしまったことを、今さら後悔していた。

発端は美月からの一言だ。

《その歳でカノジョもいないんじゃ、人生真っ暗だねえ》

言われてムカッとしたが、確かにそうだと思った。でもどこでカノジョを探せばいいかわからない。職場も女っ気がないのである。

それで、よく当たるという占い師の存在を偶然知り合いから聞いたので訪ねてみた。

そして、その占い師にどこでカノジョを探せばいいか訊《き》いてみると、

《温泉で混浴した女性と幸せになれる》

と言われてその気になり、純平は混浴温泉を探す旅を始めたのである。

ところがだ。

混浴ＯＫなんて温泉はそう簡単にはない。

あっても珍しいから、人が多い。

というわけで、インターネットで探しに探し、人里離れた山奥の、地元民もあんまりいかないという温泉場を訪ねようと、こうしてほとんど山登りみたいなことをしているのである。

沢まで降りると、エメラルド色の川が見えてきた。

山形県最上川の上流である。

ごつごつした岩場の、流れの速い川だ。その川の横に古い木造の湯小屋が建っていた。

本当にあったんだ。

近づいてみると、湯気がどこからか出ていて熱気がすごかった。

いや待てよ。

そのときになって純平は気づいた。

秘湯を探すのではなく、あくまで混浴が目的だ。

だとすると、こんなうらぶれた共同浴場なんて、地元の人間が来るくらいで、いてもおばちゃんだろう。

（なにしに来たんだ、俺……）

まあいいや、とにかく入ろうと湯小屋のドアを開ける。

脱衣所は男女でわかれているらしい。

裸電球があり、昼間でもぼんやりと頼りない明かりがついている。

着ていた服を壊れそうな脱衣棚に置いて、露天風呂と書いてある引き戸を開けた。

(おっ、すげえな)

柔らかな湯気が純平を押し包む。

かなり広い岩風呂だ。人影は見えなかった。

横には川が流れ、岩がそびえ立つ絶壁に囲まれている。

まさに仙境という感じである。

絶景を見ながら、じゃばじゃばと湯の注がれる温泉に首まで浸かった。

(おおう。すげえすべすべする湯だ)

温泉の質もいいような気がする。

来てよかったなと思いつつ、湯で顔を洗っていると、冷たい風がさっとなびいて湯気を消した。

すると、今まで湯煙に隠れて見えなかったが、岩の影に白い肌があって純平はギョッとした。

（だ、誰か入っていたんだ……）

見れば、髪を後頭部でアップにしている女性のようだ。

向こうを向いているから年齢はわからない。

（まさか、こんな秘境に若い女性ひとりってことはないよなあ。きっと地元のおばちゃんだろうな）

と、あまり期待していなかったのだが、

「あ、あの……」

女性がこちらを振り向いて、遠くから声かけてきて驚いた。

その女性が美人であり、しかも若かったのだ。

年の頃は三十代か二十代。

栗色の髪を後ろで結わえて、前髪を垂らしている。

アーモンド形の目がとろんとして、どこか自信なさげで儚《はかな》げな雰囲気が漂い、純平は見事に一目惚《ひとめぼ》れしてしまった。

（い、色っぽいな……しかも、なんかエロいぞ……）

甘えるのが上手そうで、男が放っておけなくなるタイプである。

これはたまらない。

「は、はいっ……なんでしょうか？」

純平は湯に浸かりながら、うわずった声で答える。

彼女はもじもじしつつ、

「あ、あの…」

女性は恥ずかしそうにうつむき加減だったが、何かを訴えるようにこちらを凝視してきた。

「その……近くにいってもいいでしょうか？」

「はい？」

頭の中で「？」が駆け巡る。

「ち、近く？」

「はい……あの、実は……せっかく来たのだからと入ってみたものの、ひとりだと怖くなってきて。後ろに看板がありますでしょう？」

振り向いて湯小屋の壁を見れば、確かに小さな看板があった。

《時折、猿が姿を見せるので注意》

なるほど、野生の猿はちょっと怖い。

「ありますね。猿は僕も怖いな」

「そうなんです。でも景色は綺麗だし、せっかく来たからもう少し入っていたいなと思っていたら、あなたがやってきて……ホッとしたんです」

「はあ……」

こっちも一応若い男なんだけど。猿より無害に見えたのだろうか。

「で、でも、い、いいんですか？」

「ええ。あなたがいやじゃなければ。地元の方かしら」

「いえ、東京です」

「あら私もです。ひとりで静かに入りたいなと思って探したら、とてもいい温泉があるって……あっ、私、人のいない温泉巡りが趣味なもので」

「ああ、僕も秘湯巡りが好きで」

話していて、これだと思った。

《温泉で混浴した女性と幸せになれる》

まさに今、彼女と混浴している。よく当たると噂の占い師だ。これがきっと運命の人なのだ。

彼女は橋本《はしもと》由紀《ゆき》と名乗った。続いて、こちらも名乗った。

年齢は？　カレシは？

いろいろ彼女のことを訊きたいのに、なかなか踏み出せない。元々奥手なのに、こんなに美人だと余計に気が引ける。

(くっそ。チャンスなのに……運命の人なのに……)

チチチチ、と鳥のさえずりと、川の音しか聞こえない。硫黄《いおう》の匂いもすごくていい湯質だ。悪くない温泉だと思う。

そんな温泉に、色っぽい美人がいる。そして、一緒にいて欲しいと言う。

(首が細いし、肩も白くて小さい。スタイルもいいんじゃないか?)

期待に胸がふくらむ。

(もうすぐ夕方だけど、どこに泊まってるんだろう。途中の小さな町かな。旅館とかも一緒じゃないかなあ)

ここで何も訊かなかったら絶対に後悔する。

占いを信じるのだ。やればできる。声をかけよう。

「あ、あの……」

「奥平さんは、ひとりで温泉を巡って奥様とか怒らないのかしら」

出鼻をくじかれた。

「ぼ、僕は独身ですし、カノジョとかもいないので」

フリーだという念押しはよくなかっただろうか。

まあいいや、本当のことだし。

「あの……は、橋本さんは？」

こんなところにひとりで来るのだ。きっとフリーだと思った、さらっと訊いたのだが、

「夫は出張が多いので。私がここに来てることも知らないんです」

ガラガラと頭の中の計画が崩れた。

（ウソだろー、人妻か……）

ショックだった。これほどキレイな人妻なんて反則だろう。

そのときだ。

温泉の目の前の原生林がザザッと音を立てて、木々が大きく揺れた。

「キャッ！」

由紀が顔を強張《こわば》らせて、ざはざばと湯の中を歩いてきた。

（のわわわわ！）

タオルで隠しているものの、柔らかそうに揺れるバストの横乳、さらに女らしい腰のカーブや大きなお尻も見えてしまう。

（なっ！　す、すげえ、ムチムチだっ）

想像以上のスタイルのよさに、純平は岩を背にしたまま固まった。

「ご、ごめんなさい！」

謝りながら、由紀が湯の中でしがみついてきた。

（うっわ……）

由紀の肌はどこもかしこもすべすべで、硫黄に混じって甘い女の肌の匂いが鼻先をくすぐってきた。

肩や腕は丸っこくて、ぷにぷにと柔らかい。

それに細くて華奢《きやしや》なのに、タオル越しに押しつけられている胸のふくらみの重量感だけはすさまじい。

「あ、あの、あの、あの……！」

咄嗟《とつさ》に抱きしめてしまった。もう理性が飛んでしまいそうだ。

このままこの人妻を襲ってしまおうか。誰もいないし。

下を見れば、大きな胸の谷間が湯にぷかりと浮いている。

湯の中でタオルが外れ、女の股が見えた。

黒い茂みがぼんやり見えている。唾《つば》をごくんと飲み込んだ。

彼女はひとりなのだ。

悲鳴を上げても誰も来ない……。

そんな邪《よこしま》な考えが浮かんだときだ。

木の隙間から見えたのは、きつねだった。すぐに逃げてしまう。

「き、きつねでしたかね」

純平が言うと、由紀はしがみつきながら、

「そうみたいですね。びっくりしたわ……熊かと思っちゃって」

と、ホッと息をついた。

そうして、ハッとしたように純平から身体を離して後ろを向いた。

「ごめんなさい。取り乱してしまって」

「い、いえ」

そこまで怖がるのに、なんでこんな秘湯に来たんだろう。

その疑問を察したのか、ちらりとこちらを肩越しに見て、それから目を細めて湯船を凝視しながら言った。

「こんなに怖がりなのにひとりって、へんだと思いますよね。三十路《みそじ》過ぎのおばさんなのに」

まじか。

今の三十代って、これほどまでに可愛いのか。

「僕も二十七なのに、怖いですよ」

「あら、だいぶ年下なのね。私より五つも下」

三十二歳の人妻か……色っぽい理由がわかった。

「でね、お恥ずかしい話だけど……主人が、その……浮気をして……」

由紀は寂しそうな笑みを浮かべ、水面を凝視する。

「う、浮気ですか」

「ええ」

大きくて形のよい双眸が、悲しみに暮れて濡れていた。

申し訳ないがその儚げで薄幸そうな雰囲気が、やたらと色っぽくて純平はドキドキしてしまった。

「それで、誰もいない温泉に行きたかったの。でもいざ入ってみると、なんだか怖くなっちゃって……おかしいわよね」

彼女がはにかんだ。色っぽくてキュートだ。

ドキッとした。

「なんでこんなキレイな奥さんがいて浮気するんだろ」

ぽつりと口にしたつもりだったが、意外にはっきりと口から出てしまって純平は慌てた。

由紀が驚いてこちらを見てから、ふっと笑った。

「うれしいわ、お世辞でも」

「いえ、本当です」

そこまで言って、純平は言葉を切った。

彼女が振り向いて、再び純平に抱きついてきたからだ。

あまりにも緊張してしまい、耳鳴りがして、まわりの音が聞こえなくなってしまった。

このまま秘湯で溺れてもいい。

それほどまでに、三十二歳の人妻の裸体が魅力的すぎた。

3

「あっ、えっ……？」

戸惑っていると、見あげてきた由紀の瞳が濡れていた。

甘えてくるような上目遣《うわめづか》い。

男を狂わせる魔性の女って、こんな感じなんだろうか。少女のような雰囲気もあるのに、匂い立つような人妻の色香も感じさせてエロすぎる。

勃起した。

というよりも、これほど美しくて色っぽい人妻に、温泉の中でギュッとされて、おかしくならない男なんていないだろう。

スタイルは抜群で、それでいて適度に脂《あぶら》の乗ったムッチリと肉感的な裸体に、人妻のいやらしさを感じる。

湯の中に揺らめいている乳房は大きく突き出ていて、可愛らしい顔に似合わずに、小豆《あずき》色の乳輪は巨大でエロい。

ぴたりと寄り添われると、どうにかなってしまいそうだ。

しかも可愛い……と思って照れていると、由紀がすっと目をつむった。

ほぼ童貞でも、それくらいはわかる。

キスして……のサインだ。

狼狽《うろた》えた。

「い、いいんですか？」

ここで訊いてしまうのが、準童貞の性《さが》である。

しかし彼女は興醒《きょうざ》めしないで、小さくうなずいてくれた。

これはもうやるしかない。

（こ、こ、この奥さんは寂しくて仕方ないんだ……それにもしかして、旦那へのあてつけなのかも……）

なんにせよ、チャンスだった。

震える手で彼女を抱きしめながら、目をつむって唇を押しつける。

（久しぶりだ……女の人の唇って、やわらけー）

全身がカアッと熱くなっている。

一気に男の本能に火がついてしまった。

チュッ、チュッと鼻が当たらないように角度を変えながら、気持ちを込めて唇を合わせていく。

だが、彼女は「してもいいよ」と合図してくれたのにもかかわらず、身体を強張らせて唇を引き結んだままだ。

（やっぱりだめなのかな……）

そう感じさせるも「いい」と言われたのだから、思いきって、湯に浮かぶ胸のふくらみへと右手を伸ばしていく。

「んっ……」

口づけしながら、由紀の口から甘い声が漏れた。

そして小さな身体をビクッと震わせる。

小さく湯が跳ねた。

反応してくれている。うれしくて、今度は湯の中の乳房をつかみにかかった。手のひらを広げても、全部つかめない大きさだ。

感動しつつ肉房に力を入れると、指がぐにっと乳肉に沈み込んでいく。

(うわあ。おっぱいって、こんなに柔らかいんだっけ……しっとりして、指に吸いついてくる)

それでいて指を弾《はじ》くような弾力もある。

なんという揉み心地かと有頂天になっていると、彼女は胸を揉まれてイヤイヤと首を振り、うつむいた。

(あれ？　やっぱりだめなのか……？)

慌てて乳房から手を離した。

「あ、あの……やっぱり、僕……」

だめかと思った。だけど彼女は眉をひそめて逡巡してから、そっとひかえめに手を出してきて純平の手をつかむと、己《おのれ》の乳房に引き戻した。

「え……？」

「いいの……して……」

真っ赤になった人妻が、恥ずかしそうにしながらも、やがて顔を上げて真っ直ぐな目を向けてくる。

その表情にグッときた。

欲しいのだ。

そして、彼女は気持ちを伝えるように、湯の中にある純平の股ぐらに手を伸ばしてきて、硬くなった性器をそっと握ってくる。

「おうっ……！」

不意打ちを食らって、オットセイのような声が出てしまった。

「い、いや、いきなりだったんで、へんな声が……」

由紀は口元に手をやって、クスクス笑う。

「ウフフ。面白い人」

そのやりとりでふたりの間の緊張がほぐれたようだった。

人妻はまたキスをねだるように、そっと顔を向けてきて目をつむる。

今度は先ほどよりもスムーズにキスができた。感触を味わうこともできた。

(あ、甘い……由紀さんの呼気や唇、全部甘い……ああ、欲しくなる)

湯の中で由紀の裸体をギュッとして、なめらかな背中からヒップを撫でさすりながら、舌を差し出した。

ディープキスなどしたことがない。

だが……してみたかったのだ。

強引に迫ってみると、由紀はおずおずと唇を開いて受け入れてくれた。

(やっ、やった!)

興奮しつつ、ぬるっと舌先を滑り込ませて、夢中で彼女の口腔を舐《な》めて舌をからめていくと、少しずつ抵抗も弱まって、

「ううんっ……んぅぅ」

と、やがて鼻奥で悶えながらも、人妻の方から積極的に舌をからめてくる。

脳みそがとろけるほど心地よくなってきた。

夫への罪悪感は情熱的なキスで消え、由紀の欲望に火がついてしまったようだ。

「んううん……んぅっ……」

悩ましい声を漏らしつつも、ねちゃねちゃと唾液の音が響くほどの、甘えるような舌使いをされると、純平の股間は由紀の手の中で、ますます大きくふくらんでいってしまう。

それを感じたのだろう。

由紀は口づけを止め、純平の耳元に口を寄せ、

「……エッチ……」

と、ねっとりした息づかいで甘くささやいてくる。

もうこうなったら止まらない。

純平は背を撫でていた手を這わせるようにして、湯の中で横座りしている由紀の後ろからヒップをつかんだ。

「あっ……」

人妻が顔を上げる。

とろんとした目つきと、恥じらいつつも淫靡《いんび》な笑み。

その表情が「いやらしい人」と、うれしそうに訴えてきているようだ。やはりこの可愛い人妻は、男に甘えるのが得意らしい。

（くうう、もっと大胆に追いつめたくなる……やったことなんかないけど……）

それでも感じるままに、尻から女の坩堝《るつぼ》に向かって、スーッと撫で上げると、

「あんっ……！」

人妻はビクッとして、ちょっと腰を逃がした。

今度は前から由紀の太ももの奥に、右手を忍び込ませると、やはり太ももをギュッと締めつけてくる。

彼女は軽く、イヤイヤした。

それでも抱きついてくるのだから、完全にいやではないはずだ。

指に力を入れて、無理矢理に奥に忍ばせていくと、ひかえめな繊毛の奥に切れ目があった。

（お、おまんこっ！）

何年ぶりかの女性器に触れて、頭から湯気が出そうだった。

慣れていないからこそ必死だ。

こんなチャンスはない。ちゃんと愛撫をして人妻を感じさせてみたいと、もう一度、左手でおっぱいに触れた。

揉みながら、純平の指が乳首をかすめる。

「んっ」

由紀の口から喘ぎがこぼれ、裸体がピクッと震えた。湯がパシャッと波を立たせる。

（乳首が感じるんだな……）

湯で温まった小豆色の乳首を指で軽く捏《こ》ねていくと、

「あっ……だめっ……」

由紀が恥じらい、身を縮こまらせる。

（あれ？　違うのかな……？）

だめと言われても、抗《あらが》うわけではない。おそらくだが、この「だめ」は、感じる部分なんだと理解して、強引に乳頭部をつまむと、

「んんんっ……あっ……あっ……いやっ、あっ……」

しどけない声を漏らした由紀が顎をそらした。

（おお！　感じてくれた）

目を細め、つらそうにしている顔が、いよいよアダルト動画に出てくるようなAV女優のそれに変わってきた。

可愛くて清楚で儚げな雰囲気だけど、欲情したらエッチな部分を見せるみたいだ。

さすが人妻。

(よ、よし、感じる部分を重点的に……)

純平は、夢中になっておっぱいを下からすくってみたり、強く握ったりしながら、乳首を指で揺らしたり弾《はじ》いたりしてもてあそんでいると、

「あんっ……だめっ……そこばっかり……」

と、彼女は困ったように言いながらも、乳頭部がシコってきたのが指先を通じてわかった。

「乳首が硬くなってきました。き、気持ちいいんですよね」

言っていいのかわからなかったが、不安だったので訊いてみた。

人妻は真っ赤になって目をそらす。

「い、いや……いやらしいこと言わないで。そんなことになってないわ」

「だって……硬くなってますよ。絶対に、ほらっ」

右の乳首を捏ねると、

「いやんっ」

と、両手で胸を隠そうとする。

「硬くなってないなら、隠さなくてもいいでしょ」

調子に乗った純平は、暴れる人妻を抱きしめて、手首をつかんで胸から引き剥《は》がした。

「いやっ、エッチ……もう触らせないからっ……」

イタズラッぽい笑みを浮かべて、人妻が甘えたように拗《す》ねてみせる。

（おお！　か、可愛い……俺、こんな可愛い人妻とイチャイチャしてるぞ）

夢のようだった。こちらも甘えるように乳房に顔を寄せ、円柱形にせり出した乳首を軽く口に含んで吸った。

「あっ……だめっ……いやっ……」

と言いつつも由紀の身体が震えている。

ようしと、もう少し強くチューッと吸うと、

「ぁあああん……」

何とも気持ちよさそうな喘ぎを見せ、ついに顔を大きくのけぞらせる。

（か、感じてるっ！　いや、俺が感じさせてるんだっ）

チチチと鳥がさえずる中で、由紀の甘ったるくて色っぽい鳴き声が、湯煙の中に響いていく。

もうふたりはずっと温泉に入っていて汗まみれだ。

由紀の顔はピンク色に上気して、汗粒が額や首筋ににじんでいる。

(いい匂いがする……汗もいい匂いなのかな、由紀さんって)

純平は乳首から口を離して人妻の様子をうかがう。目を閉じていた由紀は薄目を開けるなり、困ったように眉を曇らせる。

「やだ……そんなにじっくり見ないで。恥ずかしい……」

「か、感じた顔が可愛いんで……」

調子に乗って、軽口まで叩いてしまう。

すると由紀はとろんとしたアーモンドアイを歪ませて、

「見ないでって、言ってるでしょ、もう……」

と、首に腕を回してキスしてくる。

自分より五つも歳上の、三十二歳の人妻をキュートだと思うのもヘンかもしれないが、甘えるような仕草が愛らしい。もう興奮の坩堝だった。

4

温泉に入りながらふたりで抱き合い、何度も激しくキスをする。

秘湯はもう、ふたりだけの世界だった。

(あの占いが、いい方向に向けてくれているのかな)

何年も彼女がいない境遇で、ほぼ童貞。

そんな自分が熱い湯船につかりながら、会ったばかりの可愛らしくも色っぽい奥さんと、こうして求め合っているというのが信じられない。

由紀は湯に浸かりながら純平に跨《また》がってきていた。

目の前で揺れて弾む巨大なふくらみ。

白い湯煙に浮かび上がる、たわわなおっぱいを揉み揉みしながら、片方の乳首を再びそっと口に含んだ。

「あっ……あんっ……」

キスをほどいた由紀が、悩ましく白い裸体をくねらせる。

もう由紀はいやがらなかった。

それどころか跨ぎながら、乳房を「もっといじって」というように純平の顔の前にせり出してくるのだ。

そんなことをされたら、たまらない。

純平は乳首を口に含みながら、舌を横揺れさせて上下左右に弾いてやる。

すると、

「ンッ……あっ……ああんっ……だ、だめっ……ああんっ……」

由紀が、がくん、がくん、と震えてのけぞる。

(い、いい感じだぞ)

下手くそなりに懸命なのがいいのだろうか。

弓なりになった由紀の細い腰を引き寄せ、さらに乳首を吸い、舌をなめらかに動かしていると、

「あ、ん、あううんっ……」

と、今までにない甲高《かんだか》い声になって、お湯の中で腰を振って、勃起に陰毛をこすりつけてくる。

(うわっ、もう入っちゃいそう……ん？)

切っ先がぬるぬるしたものに触れている。

湯の中だが、お湯とは別の、何か「ぬめっ」とした体液が、敏感な鈴口に当たっているのだ。

(もしかして、これって……)

由紀の股ぐらに人差し指と中指をあてがうと、人妻のアソコは、まるでサラダ油を

塗りたくったようにぬるぬるとして、熱い蜜が指先にまとわりついてくる。

「これ、あのっ、ゆ、由紀さんっ……これっ……濡れて、ぬるぬるして」

うれしくなって、ぬかるんだ指を湯から出し、人妻の眼前に突きつけた。

「いやっ！」

由紀が耳まで真っ赤になりながらも、顔をそむけたまま、つらそうに唇を嚙《か》みしめている。

「やっぱり濡れてるんだ……」

感動していると、由紀は目を吊り上げて、思いきり純平の肩に嚙みついてきた。

「わあ、ちょっと……ゆ、由紀さんっ、やめっ」

逃げようと、パチャパチャと湯の中で暴れる。

由紀はしがみついて、肩を甘嚙みしながら、ウフフと笑い、

「……きらいよ、もうだいきらいっ……濡れた指を見せてくるなんて。もう……エッチなんだから」

怒られて、ああ、そうかと思った。

濡らしているのを知られるのは恥ずかしいんだ。当たり前だった。

「ごめっ……」

と謝ろうとした、首筋に激しく吸いついてきた。

「くおおお」

肌が吸い取られそうなほど吸引される。

由紀が唇を離すと、吸われた場所がジンジンと疼《うず》いた。

「ウフフ。ほら、キスマークついちゃった」

由紀が首筋を指で触ってくる。

「えっ、えー」

「なあに？　誰かに見られるとまずいのかしら」

「そ、そんなことないですけど」

「ならいいでしょう？　ウフフ。エッチなことするから、お仕置きっ」

さらに由紀は猫みたいに全身をこすりつけてきて、チュッ、チュッと肩や首筋や口に口づけの雨を降らせてくる。

(これがお仕置きなの？　ご褒美だよ。甘え上手なタイプなんだなあ……)

こっちからも由紀のおっぱいや脇腹や首筋にキスをして、お互いに舐め合うようにしながら、楽しくじゃれ合う。

だが……大人のイチャイチャ楽しい時間は、勃起が由紀の股ぐらにこすられることで一気に雰囲気が変わる。

股に指をくぐらせると、由紀は、

「あっ……あっ……」

と、せつなそうな表情を見せてきた。

瞼が半分落ちて、とろけるような双眸だ。

瞳はうるうると潤んで、浮気することに後ろめたさを感じつつも、期待しているような欲情を孕《はら》んだ目で見つめてくる。

「ゆ、由紀さんっ……」

もう限界だった。はちきれそうだった。

(も、もうするしかないよな、由紀さんもおさまらないって感じだし)

だが……。

ここでしていいものか？　と、悩んでしまう。

ゴムもない。もちろんナマだ。

それに正常位しかしたことがないから、どこかに寝かせたいけれど、ごつごつした岩ばかりでそんな場所はない。

不安そうな顔を気遣ってか、由紀がチュッと優しくキスしてきた。

「いいの。私も欲しいから、このままでいいわ……大丈夫だから……」

「あの、俺……あんまりエッチしたことないんで、うまくできないかも」

正直に言うと、人妻はクスッと笑った。

「いいの。ねえ、私のこと、奔放な人妻だって思ってるでしょう？　でもね、私もこういうのは初めてなの……あなたがあんまり経験なさそうだったから、あなたなら大丈夫かなって」

なんだ、バレてたのか。

純平は頭をかいた。

「私、ぐいぐい来るような人だったらお断りしてました。私でいい？　奥平さん」

「いいなんて……も、もちろんですっ」

「そのまま、しゃがんでいてね」

由紀はそう言うと、恥じらいがちに純平の腰に跨がってきて、湯の中に手を入れて勃起をつかんできた。

「……こういうのしたことないけど……でも……」

潤んだ瞳をしながら、腰を落としてきた。

（ぬおっ、き、騎乗位だっ）

入り口はとても窮屈だった。

だが由紀がさらに尻を落とすと、その穴が押し広がる感覚があって、温かな内部に嵌《は》まり込んでいく。

は、入った！

「あぁんッ！」

挿入の衝撃で、由紀はしたたかにのけぞった。

こっちも感動だ。女の中にずっぽりと嵌まり込んでいる。

（くうぅっ……ぬるぬるしてるっ、気持ちいいっ）

人妻の中は熱くぬかるんでいて、男根に媚肉が吸いついて締めつけてくる。

（ああ、女性の中はこんな感触だったんだっ……ナマってすげえ……）

生き物のような襞《ひだ》が、勃起にからみついてくる。気持ち良すぎてたまらずに下から責め上げ、ずぶずぶと結合を深めていくと、

「あああっ……！」

由紀が上に乗ったまま、ギュッとしがみついてくる。

おっぱいが目の前にあって、息がつまる。

（うわあああっ……おっぱいが、おっぱいが……つながったまま、おっぱいが顔を塞

いでるよっ……息できないっ……！）

騎乗位、というか対面座位ってやつだ。

初めてだけど、エロい体位だった。

温泉の中で岩を背にして、可愛い人妻を抱っこしながら向かい合い、ひとつになっている。

素肌と素肌が触れ合い、甘い匂いが温泉の硫黄と混ざり合う。

ぽかぽかした湯船に浸かりながらの美人妻とのセックスは、魂《たましい》が抜けるほど気持ちよかった。

（も、もうどうにかなりそうっ）

自然と突き上げてしまうと、

「ああんっ、お、おっきっ……あんっ……そんな奥までなんてっ！」

由紀がさらに強く抱きついてくる。

下から猛烈に腰を使えば、自分の上で人妻がおっぱいを揺らしながら、バウンドするように身体を跳ねさせる。

湯が、ぱちゃぱちゃと跳ねて顔にかかった。

（うわっ、だ、だめだ……気持ちいい……出ちゃいそう……）

動かしたくてたまらないのに、これ以上動かすと暴発してしまいそうな気がした。だからいったん動かすのをやめて、おっぱいをチュッと吸い上げて、さらには由紀の美貌を間近で見つめる。

「ああ、み、見ないでっ……」

由紀が恥ずかしそうに顔をそらして、イヤイヤするように首を振る。見ないでと言われれば、見たくなるのが男だった。再び下から突き始め、じっと由紀の感じている表情を覗いてしまう。

「やん……やめてっ……遊ばないでっ」

由紀が泣きそうになって胸を手で叩いてくるものの、見られるのが興奮するのだろうか、さらにキュッと膣《ちつ》が搾られ、ペニスが圧迫される。

「あっ、そ、そんなに締めたら……」

快感が襲ってきて、さらに速く突き上げてしまう。

「ぁあぁん……ダメッ、あっ、あっ……っ……恥ずかしいっ」

と、言いながらもだ。

由紀がヒップをじれったそうに押しつけてきた。

ぐりぐりと対面座位で腰を動かされる。

たまらない。お湯に浸かりながら、もっと激しく腰をぶつけると、

「あん……いいっ……ああんっ……ひ、響いてくる。ああんっ、もっと……私のこと好きにして。メチャクチャにして」

由紀があられもない声を漏らし、激しく身をよじりまくる。

後頭部で結わえた栗髪がほどけ、とろんとした目がもっととろけて、色っぽい表情をつくる。

白くたわわな乳房が揺れて湯を叩き、湯が、バチャバチャと大きく跳ねている。

(混浴しながら、美人妻を上に乗せてエッチするなんて！)

信じられないまま、フルピッチで下から突いていると、いよいよ由紀が差し迫った様子を見せてくる。同じくこちらも限界だった。

それでも必死に腰を使えば、

「ああんっ、いい、いいわっ……イクッ……イキそう……ねえ、イキそうなのっ」

由紀が泣き顔を見せてきた。

(イ、イク？　ウソ、えっ、えっ……)

奇跡だった。

テクニックはないけど、でも、こうなれば……人妻をイカせたかった。

（でも、このままピストンしてたら、先に射精しちゃうかも……）

困っていると、由紀がチュッとキスして、とろんとした目を向けてきた。

「ウフフ……出したいんでしょう？　私の中に……いいのよ。心配しないで、いつでも出していいのよ」

「えっ……？」

驚いた顔を見せると、彼女はつらそうに顔を歪めながらもニコッとした。

「いいの……あなたのが欲しいの………大丈夫よ」

優しくて、甘い声だった。

いけないと思いつつ、純平は奥までぐいぐい突いた。

すると、

「あんっ、あんっ……すごいっ……イッ、イッちゃう、ああん、だめえ！」

続けざま、追いつめるように突き上げたときだ。

「ああっ、ああっ……あなたもきて、ねえ、出して……きて、きて、お願い……ダメッ、イクッ、イクッ……ああんっ！」

由紀がギュッとしながら、腰をガクンガクンと震わせる。

膣が痙攣《けいれん》し、ペニスの根元を搾りたててくる。

甘い陶酔感が一気にきた。

「出るっ、出ちゃいますっ！」

叫んだときにはもう、しぶいていた。

（人妻の中に注いでるっ）

中出しって、こんなに気持ちいいのか……。

全身の毛がざわめくほどの強烈な射精だった。目も開けていられないほどの愉悦《ゆえつ》だった。

山の中の秘湯で、とびきり愛くるしい人妻と中出しセックスできるなんて……。

5

（ん……？）

目をこすってから、純平はぼんやりと天井を見る。

朝の光がカーテンの隙間から差し込んで、光の帯をつくっている。

どこだっけ、ここ……。

だが、鼻先に女の柔肌の匂いが漂い、ふわっとした栗色の髪が頬をくすぐると、すぐにハッとなった。

（そうだ。昨日、出会ったばかりの人妻と温泉でセックスして、そのまま彼女の泊まっている旅館までついて行ったんだ）

由紀はすぐ横で眠っている。

昨日散々見たというのに、白いおっぱいを見ると、朝っぱらからムラムラしてしまう。

「ン……」

人妻は起き抜けの寝ぼけ眼《まなこ》で、上目遣いに眺めてきた。

瞼が半分落ちたようなとろんとした双眸。

薄い唇にひかえめな鼻筋。

すっぴんなのに、なんだこの整った顔立ちは。

可愛らしくてアンニュイな雰囲気で、男が放っておけないタイプだ。

こんな美人とヤリまくったんだと、ニタニタしてしまう。

「……おはよ」

彼女は起きた途端に、猫がじゃれつくように純平の胸元に頬ずりする。

「ウフフ、昨日のキスマーク残っちゃったね」

由紀は笑みをこぼすと、純平の乳首を指であやしたり、爪で軽くかいたりして、さらにはチュッ、チュッと乳首にキスして、とことん甘えてくる。

（ぬおお……か、可愛いすぎるっ……）

思わず抱きしめてしまった。

もう安心しきっているのか、昨日から全然離れようとしない。年上の三十二歳だけど、愛らしくてどうにかなりそうだ。

さらに抱擁を強めると、

「あっ……やんッ！」

由紀が目の下を赤らめて、頬をふくらませる。

「……エッチ。もう、朝からこんなになるなんて……」

どうやら朝勃ちのことを言ってるらしい。

「ち、違いますよ。これは自然と……」

「というか、昨日、あんなに何回もシタのに、まだ大きくなるの？」

「だって……そりゃ、なりますよ。由紀さんがエッチだから……昨日だって僕に跨がってきたり、後ろからシテってお尻を振っておねだり……むぐっ」

由紀の細い手が純平の口を塞いだ。

「やん、もう言わないで……ねえ、ねえ……ホントにあなた経験少ないの？」

「ないですよ」

きっぱり言うと、由紀が訝《いぶか》しんだ顔をする。

（なんでここまでできたんだろう……偶然？　それとも相性かな？）

わからないが、寂しい人妻を満足させられたのならよかったと思う。

由紀が見つめてきた。

「純平くん、ありがとう……おかげで旦那ともおあいこと思って……すっきりとはいかないけど……夫婦生活頑張ってみるわ。あなたのおかげよ」

由紀が毛布の中で手を伸ばして屹立《きつりつ》を軽く握ってくる。

ウフフと笑いながら、シゴかれた。気分が朝早くからノッてきた。

「由紀さん……もう一回、裸を見せてください」

彼女が眉をひそめた。

「昨日、たくさん見たじゃない」

「見ましたけど、朝の光でもっと見たいです」

言うと、恥ずかしそうにしながらも、毛布を剥いで上に乗ってきた。

「はいどうぞ」

上になって、由紀が恥ずかしそうに身をよじる。

おっぱいは、すさまじいボリュームでゆさゆさ揺れている。

大きめな乳輪に小豆色の乳首。

小柄で腰もほっそりしているのに、三十路を越えた人妻らしく、ヒップから太ももには美味《おい》しそうに脂が乗っている。

「やだもう……恥ずかしい」

上から抱きついてくる。屹立がビンと跳ね上がる。

(ああ、こんな恋人同士みたいな甘い時間を過ごせるなんて)

最高だなあと、由紀の生尻を手で撫でていると、由紀がウフフと笑って毛布を被ってその中に潜っていく。

毛布の中で屹立を握られ、チュッとキスされた。

「うっ!」

ぞわっとして、腰が浮いた。

さらにだ。

由紀が頑張ったのだろう。ペニスが温かな潤みに包まれていく。

「うわあああ……」

フェラチオだ。

昨日はされなかった。

だから生まれて初めてだ。

起き抜けでシャワーを浴びてないペニスは、匂いも相当にキツいだろう。

昨日は何度も由紀の中に放ち、そしてそのまま抱き合って寝てしまったので、肉竿《にくざお》が精液や愛液まみれで、かぴかぴになっている。

それを咥《くわ》えてくれているのだ。

「ゆ、由紀さんっ……そんなの汚い……」

と言いつつも、フェラシーンを見たくて毛布を剥いだ。

彼女は頬をバラ色に染め、咥えながら見あげてきて、そしてちゅるりと切っ先から口を離した。

「ウフッ……気持ちいい？」

「き、気持ちいいですっ……でも……汚れて……」

「いいのよ。だって、あなたのオチンチンで……ああんっ、私、この大きいので、すごいエッチなことといっぱいされたわ……温泉でも、布団の中でも……だから……今度は私が……エッチなことをしてあげたいの」

昨晩を思い出したのか。

由紀は耳まで紅潮させ、それを隠すように亀頭を一気に頬張ってきた。

情感たっぷりに唇を滑らせて、そこから亀頭のくびれを、ちろちろと舌先でくすぐってくる。

「うっ……くううううっ！」

猛烈な痺れが襲ってきた。

純平はシーツを握って、苦悶の相を浮かべる。

「ああ、き、気持ちいい……で、出ちゃいます。由紀さんっ」

「ンフフ……いいのよ……出して……」

唾液まみれとなった肉竿を、彼女はうっとりした目で眺めて、再び咥え込んできた。

さらさらの前髪が揺れ、臍《へそ》のあたりをくすぐってくる。

純平はたまらなくなり仰向《あおむ》けのまま、天を仰いだ。

人妻の口中で、ペニスが転がされている。

温かな潤みと柔らかな頬粘膜、そしてねっとりした舌で刺激されて、早くも尿道がひりつくほどの愉悦が込み上げてくる。

腰を見れば、垂れ落ちる前髪の間で筋張った亀頭が、由紀の大きく開いた口を出たり入ったりしている。

「だ、だめです。ホントに離れないと……出ちゃいますッ」

「……んはっ。ウフフ……そんなこと言って、知ってるのよ。ホントは男の人って飲ませたいんでしょう？」

由紀がドキッとするようなことを言う。

「そ、それは……」

言いよどむと、由紀はクスっと笑い、再び勢いよく口唇を亀頭に被せてくる。じゅぽっ、じゅぽっ、と音が立つほど激しく顔を前後に打ち振り、裸の尻をもじもじさせながら、しゃぶり立ててくる。

「ん……ん……ん……」

鼻にかかった声をスタッカートさせ、さらには潤みきった妖艶《ようえん》な目を純平に向けてきて、頬をキュッと窪ませてくる。

「あっ……だ、だめだ……出るっ」

朝から至福の時間が訪れた。

熱いものが切っ先から放たれ、由紀の喉に直撃する。

「くううう……」

全身が強張る。

脳天まで快楽が突き抜けるようだった。

出し尽くしたとき、由紀がゆっくりと口を離して、頬に溜まった純平の精液を、こくっ、こくっ、と静かに嚥下《えんげ》する。

「すごい量……粘り気もすごくて……昨日あんなに出したのにね」

飲んでくれたというのに、まだ半勃ちしている。

(由紀さんとなら、何十回でもできるよ)

チェックアウトまであと何回できるかなと、純平は頭の中で計算してしまうのだった。

第二章　秘湯でみだら野球拳

1

《モテない独身男の秘湯めぐり旅》

パソコン画面を見ながら、われながらよくできたと純平はニンマリした。

先週訪れた秘湯を記録しようと、写真と文字でブログをつくったのだ。今の時代、動画でもアップロードすればいいのだが、編集が面倒くさいのでブログにした。

逆にブログってのが新鮮ではないかと思う。

(しかし、よかったよなあ……由紀さんとの混浴……)

先週のことだというのに、思い出すだけでまた勃起する。

あんなに可愛いくて、色っぽい人妻は滅多にいない。占い師の《温泉で混浴した女性と幸せになれる》という言葉は、あながち間違いではないなと思った。

こういうことが続ければ、そのうち彼女も見つかりそうだ。

あー疲れた、とベッドに横になっていると、下から母親の声が聞こえてきた。

「じゅんぺー、美月ちゃんのとこ行ってきてーッ」

母親に言われて下に降りていくと、イチゴの入った袋を渡された。

また、おすそわけらしい。

面倒だなと思いつつ、渋谷家まで歩きながら、そろそろ家を出ないとなあとぼんやり考える。

二十七歳になって実家ってのもどうかと思うのだが、なにせ職場が近いのだ。きっかけが欲しい。

となれば、やはりカノジョだ。

結婚を前提として付き合えるカノジョができたら、実家を出よう。

「おばさーん」

渋谷家に着いていつも通りに玄関で声を出すと、美月の母親が、ころころと笑いながら出てきたのでホッとした。

この前の「手コキ射精事件」以来、恥ずかしくて美月とは会いたくなかったからである。迂闊にも、あんなビッチに手コキされて暴発したなんて、恥ずかしいどころじゃない。末代までの恥というやつだ。

おばさんはイチゴを受け取ると上機嫌で言った。

「純くん。ケーキつくったから、よかったら食べていかない？」

「えっ、いいんすか」

子どもの頃から、渋谷のおばさんのケーキは大好物だ。

久しぶりのおばさんのケーキだなと、弾んだ気持ちで手を洗おうと洗面所のドアを開けると、

浴室の磨《す》りガラスの向こうで、肌色が動いていた。

（……これ、美月だよな。なんでこんな昼間っから風呂に入ってるんだよ）

ここにいたら、覗いていたと、いちゃもんつけられて殴られる。

純平は物音を立てずに静かに手を洗いつつも、チラッと背後の磨りガラスを見てしまう。

（美月の胸って、やっぱでかいよなあ）

磨りガラスのシルエットでも、はちきれんばかりの胸のふくらみの巨大さが見てとれる。

(由紀さんも大きかったけど、美月ってやっぱすげえんだな)

比較する対象ができてしまったから、美月の胸の大きさがよりリアルに伝わってきた。

由紀の人妻バストも、かなりでかかった。

だが、シルエットの美月の乳房はそれと同等、いや、さらに大きそうだ。

しかもである。

乳房だけではない。

腰のくびれから広がる豊満なヒップも、なんとも女らしい曲線美だ。

(よく育ったよなあ……)

と、思いつつ、ハッとした。

洗濯機の横にあった洗濯カゴを見てしまったのだ。

(美月の脱ぎたての下着だ……)

一番上に堂々と、ピンクのドット柄のブラジャーとパンティが、脱いだまんま置かれていた。

(なんだこのエッチな下着は……あいつ、いつもこんなの、つけてるのか)

ブラはハーフカップだし、パンティもサイドが紐になっていて、面積がやたら小さい過激な下着である。

おそらくだ。美月の汗や、体臭、それにおまんこの匂いも、しっかりとこびりついているだろう……そんな下品な想像をしてしまう。

（あいつ生意気だけど……でも、いい匂いするんだよなあ……）

だめだと思うのに、じっと見てしまう。

（ん？）

近づいて見てみると、パンティのクロッチの内側……ちょうど女性器が当たる部分に、クリーム色の濁った粘着性のシミがべっとりと付着していた。

（ぬ、ぬわ……これ！　お、女の……美月の、あ、愛液？）

勃起した。

いやいや、美月のムレムレパンティのこびりついた汚れなんて見たくもない……と思いつつも、頭の中では美月の裸がちらついてしまう。

そのときだ。

ガチャと音がして浴室の扉が開いた。

慌ててももう遅い。美月と視線が交錯する。

「純平？　うわっ、ヘンタイ！」

美月は手を伸ばしてバスタオルをつかむと、そのままドアを閉めてしまう。

「あたしが入ってるのわかってただろ。なんでじっと見てたんだよ……はあん、またあたしにシコシコしてもらいたいわけ？」

浴室から嘲《あざけ》る声が聞こえて、ムッとした。

「ばーか。チャラい男たちと一緒にすんじゃねえ。手を洗ってただけだ」

出て行こうとすると、美月がバスタオルで前を隠して浴室から出て睨んできた。

「なーに言ってんの？　男なんてみんな一緒でしょう？　ホントは見たいと思ってたんだろ、あたしの裸。あたしさ、九十センチのFカップなんだよね」

自慢げに胸をそらして美月が続ける。

「歩いてると男がみーんな、じろじろいやらしい目で見てきてさあ。ねえ純平もさ、意地張ってないでヤリたいっていいなよ。一回くらいならいーよ」

バスタオルから横乳がハミ出していた。

とんでもない巨乳だ。

そして……実際のところ、かなり可愛い。

二十三歳のくせに女子高生みたいな童顔で、前髪をそろえたセミロングの茶髪と、同じ色の細眉が丸い顔に似合っている。

「ヤ、ヤリたいかって？　あのなあ、俺にも選ぶ権利はあるんだよ。男がみんな、おまえのヌード見て欲情すると思うなよ。俺はもっと清楚な子と恋愛するんだから」

真っ赤になって反論してから、早足で洗面所を出る。

出てから、ハアッとため息をついた。

（エ、Ｆカップ！　九十センチって……あいつ……マジか……）

いや、そんなものに惑わされるな。あれはビッチだ。

（俺は美月より性格がよくて、美人なカノジョをゲットする！）

改めて純平は誓うのだった。

2

夜の帳《とばり》が下りると、肌寒さが身体に染み入ってくる。

純平はひなびた宿の廊下を進み、宿の浴場に向かう。暗がりの先にのれんが下がっていて、その先が風呂場だ。

アコーディオンカーテンで男女に仕切られた脱衣所で服を脱ぎ、立てつけの悪いドアを開けると、大きな露天の岩風呂があった。

闇と湯が溶け込むような、まさに秘湯だ。

(おお、すごいな)

栃木県奥那須の広大な山裾《やますそ》に、数軒の木造家屋が残っている。

そのうちの一軒の古い温泉宿が混浴できるとネットで見つけて、こうして宿泊に来ているのである。

(誰も入ってないな。まあいいか)

由紀との情事があった後、混浴できる温泉に二カ所、行ってみたが誰とも会わなかった。

やはり女性との混浴は、奇跡の中の奇跡であったらしい。

桶《おけ》でかけ湯をしてから、ゆっくりと湯船に浸かると思わず声が出た。

「あーっ、気持ちいい……」

少しぬるめの湯が身体に染み渡っていく。

(混浴目当てだったんだけど……まあいい温泉だから、いいか)

ぼんやりと宿の明かりが湯船に揺れている。

まるでプールのような広さの岩風呂に浸かりながら、少し奥まで行って大きな岩に背を預けて、ほっと一息ついていたところだった。

入り口から女性の声がしたので、純平は慌てて岩に隠れる。

「大きいわね。三人だともったいないわ」

「ホント、すごい広いのね。泳げちゃいそう」

「雰囲気ありますね、キレイだわ」

かしましい声が聞こえた。

ひとりではなく、どうやら複数……三人のようだった。

(女性三人か……しまったなあ……)

反射的に隠れたのは失敗だった。

よく考えれば混浴ＯＫの温泉なのだから、堂々としていればよかった。これではまるで覗きではないか。

完全に出るタイミングを失ってしまった。

今出たら、痴漢とか覗きとか確実に思われてしまうだろう。

とにかく見つからないように息をひそめていたが、さすがにのぼせてつらくなってきた。

しかもだ。

「りおなちゃん、いつ見てもすごいおっぱいね。サイズどれくらいだっけ」

「キャッ……ちょっと、ああん、ななこさん、そんなに揉まないでください。みさきさんも……」

「あん、うらやましい。やっぱり二十代のおっぱいはハリがいいわね」

「何を言ってるのよ。みさきも二十代でしょう」

「二十代と言っても、二十九ですよ。もうほとんど三十路」

「あらあ、でも肌はまだすべすべじゃないの」

こんな会話をされたら、いやがおうにも勃起してしまう。そんな場合ではないとわかっているのに……男の性《さが》である。

（……ちょっとだけ……様子をうかがうだけだ）

自分に言い聞かせて岩の影からこっそりと見れば、薄暗い湯気の中で、ぼんやりと三人のシルエットが見えている。

はっきりは見えないが、三人とも整った顔立ちのようだ。

しかもだ。

女だけだと安心しきっているからか、頭にはタオルを巻いているものの、身体にはタオルを巻いていない。

ひとりは湯船に浸かって、他のふたりは岩に腰掛けている。

たわわなバストはおろか、ムッチリした太ももや、たおやかな丸みを描くヒップのラインも見えている。

その中で、小柄な女性のおっぱいが大きくて、もうひとりもちょっと垂れ気味だが、やはりでかい。

（確かにすげえおっぱいだなあ……）

ひとりの小柄な女性が股を開いたのが見えた。

さすがに暗くてはっきりとは見えないが、おぼろげにピンクの性器が見えたような気がして、ますます興奮した。

（た、たまらん……でも、いかん……見つかったらマジで覗きになる）

名残惜しいが犯罪者になるのはいやだ。

岩場に隠れようとしたときだ。底がぬるぬるしていたので足を滑らせて、湯の中で盛大にこけてしまった。

ばしゃん！　と大きな音が立ってしまい、

「キャッ！」

「誰、誰かいるの？」

と、完全に三人の女性に気づかれてしまった。

まずい。どうしよう。

このまま湯の中を突っ切って逃げようか。

いや、先に入ってましたと堂々と言えばいいか……でも隠れちゃったしなあ……。

逡巡していると、

「出てこないなら、警察呼ぶわよ」

と鋭い声が聞こえたので、純平は観念した。

「ち、違うんです」

岩場から顔を出すと、湯船に入っていた三人が睨んできた。

「何が違うのかしら。女の人が来るまで隠れてたんでしょう。あなた、覗き目的でこの混浴温泉にきたのね」

女性のひとりが憤慨して言った。

「ち、違いますっ。ひとりで入ってたら、女性の声が聞こえて……」

「じゃあ、どうして隠れたのかしら。堂々としていればいいでしょう、混浴ＯＫの温泉なんだし」

正論を言われた。

「そ、それは……つい、条件反射というか……」

そのとき、山裾のひやっとした風が吹いた。

さあっと湯煙が流れると、三人の顔がはっきり見えた。

(おう、三人とも美人！)

ということは、だ。

逆にこちらの顔も見られたということである。もう逃げられない。

彼女たちはひそひそと何かを話してから、こちらに向き直って言った。

「言い訳は部屋で訊きます。あなたもここに泊まってるんでしょう？」

「え、ええ……まあ」

「だったら、あとで部屋に来てください。一時間後くらいに。私たちは桜の間よ」

なんで？　と思ったが、とりあえず通報されなかったとホッとしていると、

「来なかったら警察に言いますからね。顔も覚えたし……」

「は、はあ……わ、わかりました」

と言って、先に温泉から上がったものの、だ。

顔バレしたからといって、特に名前も何も訊かれなかったから、逃げようと思えば簡単に逃げられる……と思ったのだが、やはり三人が美人だったのは大きい。逃げるのはやめよう。

浴衣《ゆかた》に着替えてから、言われた通り桜の間に行った。

吊るし上げられるだろうな。

警察沙汰だけは許してもらおうと、ドアを叩くと、

「どうぞ」

と声が返ってきて、玄関に入ってすぐの襖《ふすま》を開けると、意外なことに三人は浴衣に着替えて酒盛りして上機嫌だった。

「逃げないで来たわね」

ロングの黒髪に眼鏡の女性が睨んできた。

眼鏡の奥の切れ長の目が涼やかで、ツンとすました勝ち気な顔立ち。なんとなく厳格な女教師を思わせる美人だ。

「こっちに来て、ヘンタイの覗き魔さん」

彼女の横にいた女性が、座布団を出してきてポンポンと叩いた。座れということらしい。こっちの女性は、やけに色っぽい。

言われたとおりに座布団に正座する。

すると、その色気ムンムンの女性が純平の隣に来た。

「ねえ、飲めるのかしら」

「へ？　い、いやまあ……少しなら」

と答えると、彼女はビールをグラスについでくれたのだが、こぼしてしまうと、あははと陽気に笑う。

目が猫のようにちょっとつり目がちで、イタズラっぽい笑みを見せている。

少し栗色がかったミドルレングスの髪が、まだ少し濡れて艶《つや》めいている。近づくといい匂いがした。

そしてもうひとり。

その女性は小柄で、おそらく岩場で見たおっぱいの大きい子だ。

チラッと見ると彼女は恥ずかしそうに目を伏せてしまう。

丸顔で目が大きく、ぱっちりとした黒目で人形みたいに可愛らしい。

（みんな美人だけど、彼女が一番タイプだ！）

なんて思っていると自己紹介された。

女教師っぽい人が水沢菜々子《みずさわななこ》。一番年上らしい。

会話からすると、推定三十歳。

色っぽい小悪魔系が仲村実咲《なかむらみさき》。

こちらは来年三十と言っていたから、二十九歳のようだ。

そして恥ずかしがり屋の女性が松木里緒奈《まつきりおな》。三人の中で一番年下で、純平が二十七歳と言うと、ひとつ下の二十六歳とあっさり年齢を言ってきた。

三人にうながされ、純平も名前を言うと、

「純平くんね」

と、実咲に下の名前で馴れ馴れしく呼ばれた。

(しかし、なんで部屋に呼んだんだろう。吊るし上げにでもされるかと思ったのに……)

反対にビールなんか勧められて、ちょっとほろ酔いだ。

改めて三人を見る。

三人とも湯上がりのいい匂いがして、白い肌が艶《なま》めかしく上気していた。

浴衣というのがまた、いい。

横座りした妖艶な実咲の、ムッチリした太ももが見えて息がつまる。

里緒奈は胸が大きいので浴衣からこぼれそうだ。

すると、真正面にいた女教師っぽい菜々子が、目を吊り上げて睨んできた。

「いやらしい目をして。やっぱり覗いてたんじゃないの?」

純平は首を振った。

「ホントに違うんですよ。ついつい隠れてしまっただけです。見てないんです」

本当はちょっぴり覗いてしまった。

だけど、ここでそれを言うわけにはいかない。

「ホントぉ？」

小悪魔な実咲が、上目遣いに眺めてくる。なんという色っぽい目つきだ。

「マジです。マジ」

照れたのを隠そうと、ビールを流し込んだときだ。

「じゃあ、三人のうちで、一番おっぱい大きかったの、だあれ？」

実咲に言われて、ぶっ、と吹いてしまった。

「げほっ、げほっ」

「大丈夫ですか？」

里緒奈が心配そうに背をさすってくれる。

「す、すみませ……」

謝りつつ里緒奈の方を向いたら、浴衣の襟《えり》ぐりから白くて深いおっぱいの谷間と白いブラが見えた。

ぬわわっ、と慌てて視線をそらすと、その先に眼鏡の菜々子がいた。

「私、覗きはいやだけど、ウソつくのはもっといやなのよね。やっぱり見たのね、私たちの裸を」

整った顔立ちだから凄まれると怖い。

「あ、あの……見たっていっても、ちょっと様子を見ただけで……」

「でも見たのね。ようやく白状したわ」

眼鏡の菜々子が目を細めてくる。

女教師も意外と色っぽい。またドキッとした。

「さあて。私たちのこと覗いたんなら、それ相応の罰を受けてもらわないと」

眼鏡の奥の切れ長の目が、妖《あや》しく輝いた。

と、思ったら、

「……あなたも裸を見せなさい。それでおあいこにしてあげる」

「は？」

話の展開がいきなりすぎて戸惑った。

「い、いや……ちょっと……」

慌てて後ずさりする。実咲と菜々子が脱げと迫ってきていた。里緒奈は困り顔だ。

「どうしたの？　脱ぎなさいって言ってるのよ」

菜々子が睨んでくる。

その冷たいまでにSっ気たっぷりの雰囲気に、ゾクッとした。

厳格な女教師というより、ＳＭの女王様の雰囲気だ。

困った。どうしようかと思案していたときだ。

「あ、あの……この人……純平さんが恥ずかしがってるから、この辺でいいんじゃないですか」

助け船を出してくれたのは里緒奈だった。

人形のような丸い目で、こちらを心配そうに見つめてくる。

（くうう、可愛い……しかも性格が優しいっ）

すると、実咲がウフフと笑う。

「あらあ、いいの？　里緒奈ちゃん。この人におっぱい見られたのよ。もしかしたらおまんこも」

言われて、里緒奈はカアッと顔を赤らめて、うつむいてしまう。

その恥ずかしがり方がなんとも愛らしかった。

3

「じゃあ里緒奈ちゃんも脱いだら？　そしたらこの人、許してあげる」

実咲がイタズラっぽく里緒奈を見て、おかしなことを言い出した。

「えっ……な、なんで私が……？」

「だあって、さっきもおっぱい触らせてって言ったのに、すぐに隠しちゃったでしょう。私、里緒奈ちゃんのおっぱい好きなんだもの」

里緒奈はいきなり自分が標的にされたことに戸惑い、愛らしい顔を歪ませる。

「実咲ったら飲みすぎよ。里緒奈ちゃんが困っているでしょう」

眼鏡を指で直しながら菜々子が言うと、実咲が反論した。

「あらあ。菜々子さんだって興味あるんでしょう。こんなに幼い顔してるのに、Gカップなんて嫉妬するわ、ウフフ」

「み、実咲さんっ！」

里緒奈がこちらをチラッと見て、浴衣の前を両手で隠した。

（じぃ、じぃ……Gカップ……！）

あの巨大なおっぱいの美月がFカップだ。

まさかそれを上回るとは。

「ねえ、里緒奈ちゃん。あなたがおっぱい見せてくれたら、この人は脱がなくてもいいわよ。どうする？」

実咲が妙な取引を持ちかける。

里緒奈は浴衣の前を手で隠しながら、大きく首を横に振った。可愛い顔が羞恥に歪んで泣きそうだった。

「い、いや……あの……その、り、里緒奈さんが可哀想《かわいそう》だし……」

言うと、眼鏡の菜々子がジロッと睨んでくる。

「あなたは余計なこと言わなくていいの」

そう言われても、里緒奈を守りたかった。

睫毛が長くて、目がぱっちりしている。マジでお人形だ。絶対に守りたい。

「あ、あ、あの……それじゃあ、じゃんけんしませんか？　負けたら脱いでくってやつ」

「はあ？」

菜々子と実咲が、素《す》っ頓狂《とんきょう》な声を出した。

「私たちも？　なんでよ」

「みんなでやったら、お、面白いかな、なんて……」

もう適当にごまかすしかないと頭をかくと、菜々子が冷ややかに睨みをきかせながらも、呆れた声を出した。

「いいわよぉ、乗ってあげる。でもあなたと私たちが対等なんてズルいわ。それじゃあ、あなたは脱ぐものがなくなったら、私たちの前でオナニーしてみせなさい」

菜々子の命令に、今度は純平が真っ赤になる番だった。

「はあ？　こ、ここで、ですか？」

「そうよお。ウフフ。私たちの前で猿みたいにシコシコして、呆けた顔で白いの飛ばすまでやるの。それくらい恥ずかしいことしないと覗きのお仕置きにならないわ」

ぴしゃりと言われた。

異様な雰囲気だった。

三人とも絶対に酔っている。目が据わっているのだ。

(この美人たちの前でオナニーするなんて……)

会ったばかりの三人の美女の前で性器をさらし、さらには自分でシゴくところを見せるなんて、死にたいほどの羞恥である。特に里緒奈の前で絶対にしたくない。

「じゃあ、じゃんけん。十回勝負でいい？」

菜々子が言い出した。

実咲は色っぽく笑い、里緒奈は仕方なくという感じで乗ってきた。

（まさか、ホントに野球拳をやることになるとは……）

いったいなんでこんなことに……？

「はい、じゃあいくわよ。じゃーんけん……」

四人でじゃんけんすると、里緒奈だけがグーで、他三人がパーを出した。

「えええ……！　ま、待ってください」

可愛らしく狼狽えて、こちらをすがるような目つきで見てきた。

（ううっ……助けてあげたいけど、今度はちゃんと決めたルールだしなあ）

気の毒そうに見つめ返して小さくうなずくと、里緒奈がイヤイヤした。

「里緒奈ちゃん。約束よぉ。浴衣をはだけなさい」

実咲が猫のようなつり目を輝かせ、意地悪い笑みで里緒奈に迫る。

「そんな……」

と言いつつも、里緒奈がもじもじと身を揺すりながら、浴衣の襟に手をやった。

（えっ……ウソ。俺がいるのに、ホントに脱ぐの……？）

裸を覗き見した罰で呼び出されたというのに、ご褒美じゃないか。

目の前でかなり可愛い子のストリップが行われようとしている。

純平は激しく動揺した。

にわかに呼吸が苦しくなり、ずきずきと耳鳴りがする。

里緒奈はしばらく考えていた。

しかし、決意したのか、

「ううっ……」

と、嗚咽を漏らした里緒奈は目をギュッとつむり、顔をそむけながらも震える手で自らの手で浴衣の前をはだけさせた。

息が止まった。

白くて巨大なブラに包まれたふくらみが、小玉スイカくらいあったのだ。

(ぬおおっ、これが……Gカップ!)

白いブラジャーは精緻なレースがちりばめられたフルカップで、巨大なバストを包み込んでいるものの、重たそうで弾けそうだ。

黒髪の清楚な美少女の雰囲気とは裏腹に、おっぱいはセクシーダイナマイト。

ロリ巨乳ってエロすぎる。

「こ、これでいいですか」

里緒奈ははだけた浴衣を元に戻そうとするが、

「だめよ、そのままで」

菜々子が眼鏡の奥の目を光らせると、里緒奈は首筋までピンク色に染めながら、こちらをうかがうように、何度もチラチラと視線をよこしてくる。

（ごめん……でも見ちゃうよ……すっげ……）

純平だけではない。

菜々子と実咲も、里緒奈の乳房を凝視している。

「やっぱりすごいわ……里緒奈ちゃんのGカップ」

「ホントに……肩こるでしょうけど、うらやましいわ」

三人の好奇な視線にさらされて、里緒奈はもう泣きそうだ。

「里緒奈ちゃん、挽回しないとね」

菜々子が、またじゃんけんをうながした。

今度は実咲が負けてしまった。

「私？　まいったわね」

と言いつつ、実咲は浴衣をするりとはだけると、ナマおっぱいが、たゆんと露出して純平の目は今までにないほど見開かれた。

(なっ！　こ、こっちは、ノ、ノーブラ！)

里緒奈よりは小さいが、それでも充分に女らしい丸みがあって、乳輪はかなり大きくて、乳頭部が陥没している。エロいおっぱいだった
「やあだっ。純平くん、目が怖いわよ」

クスクス笑うと、実咲のおっぱいが揺れた。二十九歳の女盛りの美乳は、張りがあってツンと上向いている。

次は菜々子が負けた。

「なんか、私たちばっかり脱いでない？」

文句を言いながら、菜々子も浴衣をはだけてみせる。

アイボリーの高級そうなハーフカップブラが出てきてびっくりした。

真面目な女教師を脱がしてみたら、実はスケベなランジェリーを身につけていたって感じで、これはこれで興奮を誘ってくるのだった。

4

運がいいのか、とにかく純平はじゃんけんに一度しか負けず、浴衣を脱いでパンツ一枚になったが、三人の美女はとんでもないことになってしまった。

まず、連続で菜々子が負けた。

「わかったわよ」

とだけ言って、眼鏡の奥の目を引きつらせながら立ち上がって帯を解き、浴衣をするりと脱ぎ落とす。

ラベンダー色のパンティとブラジャーだけを身につけた、スレンダーなボディに目を見張る。しかもハーフカップブラに、少し食い込み気味の面積の少ないパンティというスケベな下着姿だ。

続けて、今度は実咲が負けた。

（おおおお！）

菜々子に負けず劣らず、実咲のパンティは過激なTバックだった。

パープルのTバックパンティに、ツンと上向いた乳房。男を誘うようなとろんとした目で見られると、もうドキドキが止まらなくなる。

そして里緒奈が負けた。

里緒奈は恥じらいつつも、他のふたりが脱いでいるのでいやとは言えず、そろりと浴衣を脱いで白い下着姿になった。

(ぬわわ……す、すげえ身体っ！)

童顔に似つかわしくなく、ムチムチしたボディをしている。

なんといってもGカップだ。屈んだり揺れたりすると、ばゆん、ばゆんと悩ましく揺れて、ブラから乳肉がこぼれ落ちそうだ。

旅館の部屋は濃厚な色香が漂っていた。

「も、もういいんじゃないですか……？」

純平が中断を提案すると、

「うるさいわね。いいのよ。絶対に私たちの前で、惨めなひとりエッチをさせてあげるから」

と言った菜々子なのだが、また負けた。

「あの……そろそろお開きに……」

助け船を出したつもりだった。

だが菜々子は眼鏡の奥の目を吊り上げて、

「指図しないで。別におっぱいを見せるくらい何でもないんだから」

と両手を背中に回して、ブラのホックを外しにかかる。

菜々子はくたっと緩んだブラを両手で受け止めながら、はあっと嘆息した。

(意外に恥ずかしがり屋なんだな)

強気になって裸を見せてもいい、と言っていたくせに、よく見ればブラを押さえる手が小刻みに震えている。

(強気な美女を辱《はずかし》めるって、興奮する)

口惜しそうに唇を嚙みしめつつも、菜々子はブラジャーを落としてみせる。

(おお……)

小ぶりなおっぱいだが、十分なふくらみだ。乳輪はひかえめで、小豆色の小さな乳首が、勝ち気な顔とのギャップで可愛らしい。

(た、たまんねえ……)

興奮しながら、またじゃんけんをする。

もう完全に神様がついている。

今度は里緒奈が負けたのだ。

「ああん、いやっ……！」

顔を引きつらせてイヤイヤするものの、拒める雰囲気ではなくなっている。

「里緒奈ちゃん、早くブラジャー取らないと」

ふたりは絶対に許さないという雰囲気だ。

追いつめられた里緒奈は、「ハアッ」と、また大きなため息を何度もつき、いよいよ両手を後ろに回した。

「ううう……」

悲痛な呻《うめ》きをこぼしながら、白いブラジャーのホックを外す。

気の毒になるほど呼吸を乱してブラを取り去り、顔をそむけながら両手を下げて気をつけをした。

（うわああ……）

巨大だった。

あまりに大きくて、わずかに垂れてしまっている。

小玉スイカのような大きなおっぱいは、愛らしい顔には似合わないけれど、乳首が薄ピンクというところだけは、清らかなルックスによく似合っている。

あまりにジッと見つめていたのだろう。

「やんっ」

と、彼女は恥じらい、両手で胸を隠してしまう。

「明るいところで見ると、やっぱ迫力がすごいわね」

「痴漢にあってばっかりというのもよくわかるわ。高校生のときからFカップあったんだもんね」

わざとなのか、ふたりが煽《あお》る。

里緒奈は目の下を赤くして、うつむいてしまった。

(ああ……里緒奈ちゃん、ふわっふわっのボインだよ。さ、触ってみたいっ……)

里緒奈の生おっぱいを拝んでしまって集中力を切らしたのか、ついに純平が負けてしまった。

「やっ、やば……ひっ！」

ついにきた、という感じで、三人の怖い視線が純平に襲いかかる。特に菜々子と実咲は「早くオナニーしろ」と無言の圧力だ。

「まっ、待ってください」

「待たないわよ」

実咲がウフフと笑って抱きついてきた。純平は畳に押し倒されてしまう。

押し倒されたまま、見れば菜々子も参加して、パンツを脱がしにかかってくる。

「や、やめてくださいっ」

「やめてなんて。ウフフ……うれしいんでしょう?」

実咲が目を細めながら言う。

彼女のきめ細かな大きな乳房やムッチリした太ももが肌にこすれて、いやがうえにも股間が硬くなっていく。

それをめざとく見つけた菜々子が、

「なんだかんだ言って、もうオチンチンを大きくしてるじゃないの」

下着を無理矢理下ろされた。

こぼれ出た屹立は、言い逃れできないほどそそり立っていた。

「結構立派じゃないの」

「や、やめてくだ……うっ!」

菜々子が肉竿をこすってくる。

ペニスの芯がジンと痺れて、ゾクゾクした気持ちが腰に宿る。

「あはは、ビクビクして……可愛い」

実咲がうれしそうに言いつつ、同じように屹立をしごいてきた。

ふたりの美女の手で股間がいじり回されている。

「やあん、先っぽから、ネバネバするものが出てきたわ」

「いやらしいわね、この子」

嘲るように言われて、純平の頬はカアッと赤くなった。

（助けて、り、里緒奈さん……ッ）

彼女に助けてもらおうと思った。

里緒奈はパンティ一枚の姿で、おろおろとしている。

ところがだ。

里緒奈は恥ずかしそうにしているものの、ハアハアと息を乱している。

欲情しているように見えるのだ。

そんな里緒奈を実咲が誘う。

「ねえ里緒奈ちゃん。いいのよ、この子は覗き魔なんだから。こうして罰を与えるのよ。あなたも今回の旅行ではハメを外そうって言ってたじゃないの。好きにしていいのよ」

実咲に言われるまま、里緒奈は近づいてきて純平の横に座ると、

「ご、ごめんなさいっ」

と謝りながら、いきなりキスしてきた。

(へ？　り、里緒奈ちゃんっ！　何してるの？)

なんだこれは……と思いつつ、彼女の小さな舌が、ちろちろと自分の唇を舐めてくると、何も考えられなくなった。

こちらも思わず舌を差し出してしまう。

彼女はビクッとしたものの、意図を察してくれて薄く唇を開いてくれる。

舌をからめようと伸ばしていくと、恥ずかしそうに縮こまっていた舌が差し出されてくる。

(ああ……里緒奈ちゃん……この子も欲しがってるんだ)

会って数時間なのに好きになってしまい、夢中で舌をからめていく。甘い呼気と唾液を味わいながら、気持ちを伝えるように夢中で舌を動かしていくと、

「ンフッ……んんっ……ンンッ」

ついには里緒奈も、いやらしい声を漏らしながら、舌をからめてきた。

「やあん、何このふたり、雰囲気出しちゃって」

「可愛いカップルねえ、嫉妬しちゃう」

その間にも、菜々子と実咲は肉棒をいじってくる。

三人に同時に責められて、もう夢心地だ。

一気に尿道が熱くなってくる。

「ああっ、待ってくださいっ……ちょっと……！」

やばい、と思ってキスをほどき、身をよじっても遅かった。

（くうう！）

三人の美女に責められるなんて、経験の乏しい純平にはハードすぎた。

一気に切っ先が決壊した瞬間、

「キャッ！」

と、菜々子と実咲が悲鳴を上げる。

見れば、噴き出したザーメンがふたりの胸や頬に飛び散っていた。

5

「元気ねえ、すごいわ」

「ねえ、まだ、大きいままよ。この子、どんだけスケベなのかしら」

ふたりは妙に感心しながら、ザーメンのついたペニスをちろちろと舐め、交互に鈴口から残滓《ざんし》をチューッと吸い上げていく。

「くうう！」

ふたりの女性にフェラチオされている。

ダブルお掃除フェラだった。

あまりの刺激に射精後の賢者タイムなんて一気に吹き飛んだ。

猛烈な興奮に襲いかかられて、純平は仰向けのまま、目の前にあった里緒奈のGカップバストを揉みしだき、ちゅっ、ちゅっ、と乳首に吸いついた。

「あ、あああんっ……！」

里緒奈の甲高い声が耳に響く。意外にいやらしい声だった。

さらに手を回して里緒奈の下腹部をいじる。

びっくりするほど濡れ濡れで、チーズのような匂いがツンとくる。

「あっ、いやん……だめっ、いやっ、いやっ……」

彼女はロリータフェイスで目元に涙をためながら、乙女《おとめ》の様子で恥じらっている。

「やあん、純平くん。私もいじって……」

実咲が純平の右手に股間を押しつけてくる。

いつの間にかパンティを脱いでいた。一糸まとわぬフルヌードだ。指でワレ目をいじれば里緒奈以上にぐっしょりと濡れていて、磯《いそ》のような匂いを発している。

（実咲さんもこんなに濡れて……しかも里緒奈ちゃんより、ねっとりしてる）

指先の感覚でわかる。実咲の花蜜は粘着質で濃厚だった。夢中になって、くちゅくちゅと音がするほどワレ目の中を指でなぞると、

「あっ……ううんっ……やん、そこだめっ……感じすぎるぅっ」

と、実咲は細眉をハの字にさせ、純平にぴったりと身体を寄せつつ、腰を淫らに痙攣させる。

（ああ、両脇の美女ふたりを同時に責めるなんて……）

左側に里緒奈が、右側に実咲がいて、純平にぴたりとくっつき、

「ああんっ……」

「だめえっ」

と、いやらしく腰を回している。

（今度はダブル手マンだ……）

それだけでは収まらなかった。

勃起を握っていた菜々子が、眼鏡の奥の目を光らせる。

「一度出してもすぐこんなにカチカチに……ホントにいやらしい子だわ。もっとお仕

置きしないとね」

菜々子は立ち上がるとパンティを爪先から抜き取り、仰向けに寝ている純平の顔を跨いできた。

（えっ……うわっ……うわわわっ……）

必然的に菜々子の無防備な股間を見あげることになる。

濃い陰毛の下に、薄く割れた亀裂がある。

その奥は紅鮭色の肉襞があって、まるで透明なゼラチンをまぶしたように、いやらしく、ぬらぬらと輝いていた。

（おおお、おまんこ！）

ここまでしっかりと女性器を見たことはなかった。

初体験の相手も、先日の由紀も、恥ずかしがって見せてくれなかったのだ。

（す、すげえ、いやらしいというか、生々しいというか……）

実咲や里緒奈ともまた違う、濃厚な獣じみた匂いが鼻につく。

興奮していると、菜々子が純平の眼前に腰を落としてきた。

「うぶっ」

目の前が真っ暗になり、猛烈なまでにツンとする匂いと、生温かな潤みが鼻先を塞いだ。

（う、うわっ……顔面騎乗！）

美女のおまんこが顔の上にある。

息苦しさを感じてパニックになりつつ、本能的に舌を差し出して、顔を塞ぐ菜々子の濡れた肉襞にむしゃぶりついた。

「ああんっ、いいわっ！　そうよ、舐めて……私のおまんこ、舐めるのよ」

そう言って、女性器をさらに押しつけられる。

苦しくなって、もっと舐めた。

（これが、おまんこの味……ッ。しょっぱい、というかキツい）

濃厚な塩っぽい味だった。

酸味が強くて、匂いもすごい。なのに、舐めていると興奮が増してさらに勃起がビクビクと硬くなってしまう。

（くうう、濃い味っ……こんなにキレイな人なのに、アソコは獣だ）

菜々子はくいくいと腰を使ってきた。

鼻先がワレ目に食い込むくらいに強くこすりつけられて、くらくらする。それでも必死に舐めた。

「ああん、じょ、上手よ……ああんっ、舐められるの久ぶりだからっ……やん、だめっ……イクッ……イッちゃぅぅん、ああんっ」

純平の顔の上で、菜々子が激しく痙攣した。

(イッたの？　ウソ……ちょっと舐めただけで、菜々子さん、イッた？)

信じられなかったが、震えてからがっくり弛緩したので、やはりおまんこを舐められただけでアクメしたのだろう。

「あんっ……菜々子さん、イッたのね。菜々子さんばっかりずるいわ、ねえ里緒奈ちゃん、私たちもイカせて欲しいわよね」

実咲が色っぽい流し目をする。

「え……は、はい……」

里緒奈は目の下を羞恥に赤らめつつも、小さくうなずいた。

「ウフフ。まずは私よ。もうガマンできないわ。オチンチン食べさせて……」

実咲が媚《こ》びたように言うと、間髪入れずに純平の勃起めがけて一気に腰を落としてきた。

騎乗位だ。

ぬるっとした温かいうねりに、ペニスが包み込まれていく。

「ああん！　お、大きいッ！」

純平を騎乗位で跨いだ実咲が、腰をいやらしくグラインドさせて前後に揺すってきた。

（うわあっ、締まるっ！　実咲さんのおまんこ、気持ちよすぎっ）

熱い蜜壺がギュッと包み込んでくる。

ぬるぬるした中で、ざらざらの襞がペニスの表皮をこすってくる。気持ちよすぎておかしくなりそうだった。

一度射精してなかったら、とっくに昇天していたに違いない。

「か、硬いわっ……奥まできてるっ……ああんっ……ああんっ……」

上に乗った実咲は感極まった声を漏らし、身体を前後に激しく揺さぶってきた。

根元から揺さぶられて、またしても放出の危機を感じた。

その純平の切羽つまった表情を、菜々子がめざとく見つけて、ぴしゃり言う。

「まだイッチャだめよ。里緒奈ちゃんにも入れてあげなさい。私たち三人の中で一番のお気に入りなんでしょう？　覗き魔くん」

菜々子が言うと、実咲が名残惜しそうに、純平の上から離れる。

続けて、小柄な里緒奈は恥ずかしそうに小さく「ごめんなさい」と言いつつ、純平の屹立めがけて、自分から腰を落としてきた。

「きゃううんっ！」

里緒奈が叫ぶ。すごい密着感だった。

(なんだこれ、せ、狭いっ……それに奥まで近いぞ……)

小柄だからおまんこも小さいのか？

切っ先で膣内の天井をこすってやると、

「あ、ああんっ……ああっ……お、奥まできてるぅ。じゅ、純平さんっ、そんなにしたら、だめっ、だめっ、だめえっ！」

そんな風に言われたら、もっといじめたくなる。

下からぐいぐい突き上げると、里緒奈は騎乗位で純平の上に乗ったまま、すぐにぐったりしてしまった。

「もうイッちゃったの？　ウフフ。里緒奈ちゃんって経験が少ないから」

菜々子はアクメから回復したようで、里緒奈がハアハアと息を荒げつつ、ペニスから離れると、間髪入れずに純平に跨がってきた。

(なっ！　さ、三人連続、騎乗位！)

あまりに刺激的すぎる経験だった。

菜々子が三人のうちで一番背が高く、すらりとしているので、長い美脚をM字に開くと、その迫力に目を見張った。

蜜がとろりとしたたる菜々子の中を貫くと、

「くううっ、ホントに大きくて硬いわっ……」

菜々子は騎乗位でぺたりと腰を下ろすと、眼鏡の奥の切れ長の目を細めて、うっとりとこちらを眺めてくる。

(い、色っぽいな……真面目そうなのに、ベッドに入ると途端に豹変するタイプだ)

たまらず、純平はいきなりフルピッチで腰を突き出した。

「あ、あああああんッ……硬いッ……やあああああん」

濡れきった花びらの奥まで貫けば、眼鏡姿のクールビューティは、せつなそうな泣き顔を見せてくる。

「ああ、あああああ！　そんなに突いたら、ああんっ、だめっ、だめっ！」

菜々子の腰振りはすさまじかった。

(や、やばい、このままだと、出ちゃう……)

焦りに焦った。菜々子の言うとおり二回連続射精をしてしまうと、さすがにすぐ復活できるとは思えない。

このままでは三人の美女にされるがままで終わってしまう。

ならば、今度は自分から責めに責めて、最高に気持ちいい射精で二回目を飾りたかった。

「な、菜々子さんっ、実咲さん、里緒奈ちゃん……さ、三人とも並んでください。こっちから突きたいんです」

はっきりと言うと、みなが顔を見合わせて、ウフフと笑った。

菜々子が純平の上から降りて、四つん這いになって尻を突き出してくる。

「スケベな子ね、ホント」

魔性の笑みを見せた実咲も、菜々子の横に並んで尻を向けてくる。

「私たち美女三人を並べて犯すなんて……ウフフっ、最高の気分でしょう？」

里緒奈も恥ずかしそうに並んで四つん這いになる。

「……あ、あの……私も、もっと欲しいんです……」

並んだ三つの巨大な尻を見て、くらくらした。

三人とも、ピンクの亀裂から、ぬめぬめとしたヨダレのような愛液を太ももまで垂らし、

「お願い、ちょうだい」

と、尻を振っておねだりしている。

最高だった。

三人の牝穴を、抜いては突いて、突いては抜いて、代わる代わるバックから犯し抜いていく。

「あん、そこ感じるッ……あぁんっ……」

「ああんっ、だめっ……あああんっ、ダメッ、ダメッ、ダメッ……あああんっ、すごいのくるっ、すごいのきちゃう……あぁんっ、いやぁぁぁ！」

「ああっ、オチンチンすごい……はあああん、里緒奈っ、おかしくなる、おかしくなっちゃうよぉ」

「い、イク……あん、あんっ、だ、だめっ……アアアンッ」

「だ、だめっ……ああん……イクッ、イクイクイク……あああああんッ」

三人が乱れまくると同時に、ついに純平も限界を感じた。

本当は里緒奈の中に注ぎたかった。

だけど、それはまだ早い、早すぎる。

仲良くなってデートして……それで身も心も許してもらったら、里緒奈の中に注ぐんだ。

純平はわずかに残った理性を働かせてペニスを引き抜いた、そのときだ。

びゅるるっと、音がするほど大量の白濁液が発射され、三人のお尻にかかってしまう。

(ああ、き、気持ちいい!)

思う存分、美女たちのおまんこを堪能した純平は、疲れ果てて畳の上で大の字になってしまうのだった。

6

「えっ! 三人とも人妻?」

再び深夜の温泉。

純平が湯船に浸かりながら「カレシはいるんですか?」と訊いてみたら、脱衣場から「私たち、実は人妻なの」という衝撃的な返答がきて一気に絶望した。

「別に隠すつもりはなかったのよ」

菜々子がタオルを胸から垂らして、脱衣場から現れた。

他のふたりも同じようにタオルを垂らして、菜々子に続いて入ってくる。

三者三様の艶めかしい裸体が、ぼんやりと薄暗闇の中、淡い光に照らされて白く浮かび上がっている。

菜々子は眼鏡を外していた。

つけていないと、意外に優しげな相貌だった。

「ウフフ。でも、後腐れなくていいでしょう？」

実咲が妖艶に笑いながら、片膝を突いて、かけ湯をする。

菜々子も里緒奈も続いて桶で湯を身体にかけてから、湯船に入ってくる。

里緒奈の裸を見せたくないという清純そうで愛らしい雰囲気は、どう見ても人妻とは思えない。

(ウソだろー……こんなに可愛いのに、人妻なのかよ)

湯船に入ると、三人は頭にタオルを巻いているが、おっぱいはもう隠さなかった。

だから、改めてじっくりとナイスボディを堪能できる。

菜々子のスレンダーながらも出るところは出た悩ましいボディ。

実咲のツンと上向く美乳が特徴的な均整の取れたスタイル。

そして里緒奈のGカップバストと豊満な腰つき……。

(そうだよな、この色気は、やっぱ人妻だよなあ……)

ハアッと、ため息をつくと、三人が湯船に浸かって純平を囲んできた。

「私たち、テニスサークルの仲間なの。家族ぐるみで仲が良くてね。それはいいんだけど旦那同士がやたらつるんでばっかりで。いつも私たちをほっぽってゴルフばっかり行くから、私たちもハメを外そうって」

菜々子が愚痴っぽく言うと、実咲も口を尖《とが》らせる。

「向こうは向こうで勝手にしてるんだから、一回くらい浮気して、すっきりしようかって話し合ったら、キミがいたってわけよ。覗いてたのも、ホントは別に怒ってなかったのよ」

「な、なるほど……そう、だったんですね」

がっかりするも、おかげで夢のような時間を過ごせたのだ。

感謝しないとなあと思っていると、菜々子が身体を寄せてきた。

（えっ……おおう……）

ふにょっとした乳房の弾力をつぶさに感じる。

と思えば、実咲も逆側から、張りのあるおっぱいを押しつけてきた。

「ウフフ。ねえ、里緒奈ちゃんのこと、好きになったんでしょう？」

実咲が楽しそうに言い当てる。

「い、いや、そんな……」

と答えつつも、里緒奈を見れば、少し申し訳なさそうにしていた。

もうバレバレだよなあ、と苦笑いするしかない。

「でもね……最初は浮気するのを拒んでいたのに、あなたならいいって、里緒奈ちゃんが言ったのよ」

菜々子が言う。

「え？」

純平が驚いていると、里緒奈もやってきて身体を預けてきた。

「……もうっ……菜々子さん、おしゃべりなんだから……でも、純平くんだったら、ちょっといいかなって思ったのはホントなの……なんだか、その……遊んでない感じがして……ごめんね……でも、こんなにエッチだとは思わなかったけど」

キュートな里緒奈は目を細めて、湯の中で硬くなった勃起をつかんできた。

「くうっ！」

「もうこんなになってる……ウフッ、これはお礼よ」

お湯の中で、いきり勃つモノを里緒奈が優しくシゴいてくる。

「うっ、り、里緒奈ちゃ……んふっ」

キスされた。

うっとりしていると、両サイドからふたりの人妻に頬にキスされた。

「里緒奈ちゃんとヤラせてあげるけど、私たちも楽しませてよ」

「美女三人に囲まれて……ウフフ、好きなようにしていいんだよ、天国でしょう？　ねえ、その岩場に腰掛けて」

菜々子と実咲が甘えるように言う。

言われるがまま、里緒奈との口づけをやめ、湯から立ち上がり、岩場に腰掛けたときだ。

三人がくっつくように開いた両足の間に入ってきたと思ったら、同時にペロペロと純平のイチモツを舐め始めた。

（ぬわわわ、ダブルの次は、トリプルフェラっ！）

あまりの気持ち良さに天を仰ぐと、キレイな星が瞬《またた》いていた。

またしても混浴でのカノジョづくりは失敗だったけど、次こそは巡り会いたい、と星に願いをかけるのだった。

第三章　とろめき離島サウナ

1

（うわっ、なんだあの崖《がけ》……）

島が近づくにつれて、異様な光景が広がってきた。

フェリーのデッキから見る日本最南端のO ヶ島は、ぐるりとまわりを切り立った崖に囲まれていて、どこから上陸するのか見当もつかない。

こんな島が日本にあるとはまったく知らなかった。

（日本もわりと広いよなあ）

出航から十時間である。

それでもまだつかないのだから、かなりの距離だ。ここらへんまで来ると、海の色が本州の海岸とはまるで違って濃紺である。

波も高く感じるのだが、これでも穏やかなほうらしい。

普段はもっと荒れていて、なにせ週五便の半分は欠航するほど上陸が難しい島なのである。

人口はわずか数百人。

島のほとんどは森林で、大きな集落がひとつあり、そこに施設が集約されているらしい。

まさに絶海の孤島というか秘境中の秘境である。

(混浴は無理だろうなあ……)

と思いつつも、人口数百人という島に興味を持ったので、こうしてはるばるフェリーに乗ってやってきたというわけである。

ブログ用にとスマホで島を撮影していると、ふいにショートヘアの若い女性がデッキに上がってきた。

(あっ、乗り込むときにいた子だ)

純平がひそかに気になっていた女性である。

彼女はじっと島を見つめていた。

ときどき水面に反射する陽光がまぶしいのか目を細めるが、その仕草が男心をくすぐってくる。

(絵になるなあ……しかし、すげえ可愛いな。褐色の肌にほっそりした手足。ボーイッシュな雰囲気だけど、健康的な色気がある)

栗色のショートボブのヘアスタイルに、目がくりくりっとした愛らしい顔立ち。日焼けしたのであろう小麦色の肌が、活発そうな雰囲気によく似合っている。

Tシャツとホットパンツという格好もあって、髪も短いから、離れたところから見た限りだと少年のようだ。

だが……近くで見る横顔はキュートな美女だ。

ショートボブヘアの似合う子は、大抵がキュートなのである。

しかも、だ。

ボーイッシュだけど、身体つきは実に女らしかった。

胸元は甘美にふくらみ、ホットパンツの悩ましい尻やムチムチとした太ももからは健康的なお色気がムンムンと漂っている。

(二十代前半くらいかなあ。十代ではさすがにないよな)

潮風にあおられて髪の毛が顔にかかり、それを手でかき上げる仕草も実にいい。

（こんな愛らしい子が島に何の用だろう。島の子かな？）

小麦色に日焼けした肌も、ちょっと勝ち気で生意気そうな顔立ちも、くっきりとした目元も、南国美女そのものだ。

彼女をずっと見ていたかった。

でも、あんまり見ていると不審がられるので、また島の撮影を始める。

しばらくすると、彼女はすっとデッキから降りていった。

（なんかちょっと寂しそうだったなあ……なんだろ……）

話してみたかったが、さすがにまだそこまでの度胸はない。

だが、降りる人間はまばらだろうから、そのときにチャンスがあるかもしれないと期待に胸をふくらませていると、崖しかないと思っていた一角に桟橋らしきものが見えてきた。

どうやらそれが港らしい。

到着のアナウンスがあったので、フェリー内の待機場所に戻って荷物を担いでからフェリーから降りる。

十人ほど一緒に降りたが、ショートヘアの彼女が見当たらない。

（あれ？　ウソだろ……）

入り口でちょっと待ってみたが、純平が最後のようだ。

もしかして、一番先に降りたのか？

慌てて港を見ると、もう降りた人はみな駐車場のクルマに乗り込んで、さっさと港を後にしていた。

しまった。もっとちゃんと見ていたらよかった。

惜しいことをしたなあと思いつつ駐車場に行くと、ミニバンが待機していた。

事前に予約していた民宿の送迎車だろう。

ミニバンのところまで行くと、ふくよかなおばさんが運転席から降りてきた。

「ええーと……奥平さん、ゆうたかね」

のどかな方言で訊かれて、よろしくお願いしますと返答すると、人の良さそうなおばさんはころころ笑った。

「なんもないところやろ。でも、魚はうんまいから」

「楽しみにしてます」

「じゃ、後ろに乗って」

そう言われて、ミニバンのスライドドアを開けると、先ほどのショートボブの女の子が後部座席に乗っていたので、うおっ、と驚いた。

彼女は純平を見ると、パアッと笑顔になって話しかけてくれた。

「あーっ！　さっき、デッキで撮影してた人やん」

関西弁みたいだけど、おばさんの言葉とはちょっと違う。地元ではなく大阪の子なんだろうか。

「ど、どうも……あの……」

「ウチに泊まってくれて、おおきに」

「は？」

「あ、ウチ、ここの民宿で働いてるんよ。高木涼子《たかぎりょうこ》いうの。よろしくね」

ニコッとされた。

笑うと目が三日月みたいになって、ぐっと親しみやすくなる。褐色の肌のボーイッシュな美女は笑顔がとても似合う。

「これウチの子。去年から民宿、一緒にやっとるのよ」

ミニバンを発進させながら、おばさんが言う。

「あれ……でも言葉が……」

疑問を言うと、美少女は「そうよね」という顔をした。

「ウチなー、大学から去年まで八年間、大阪にいてん。ずっとおったら抜けんくなったんよ」

大きな目で見つめられて、うっ、と言葉がつまる。

キュートなくりくり目で上目遣いしながら関西弁なんて可愛すぎる。

（待てよ、大学から八年間……？）

頭の中で計算した。

「あれ、ってことは二十七……」

「やあん。もう、あかんて！　女の年なんか考えたらあかん。ウチは十八」

自らのジョークで笑いながら、頬をふくせませる。

仕草がいちいち可愛い。

「いや、俺も同い年だと思って」

「ほんま？　同級なん？　平成八年でしょ。わあ、うれしい」

気持ちのいい子だなあ、と思ったが、同い年にしてはかなり童顔だ。でも、身体つきが色っぽいと思ったのは間違いではなかった。二十七歳の女盛りの身体だ。

と、ちょっと胸のふくらみを見てしまい、慌てて自制する。

東京から来た奥平純平だと自己紹介すると、

「平がふたつっておもしろい」

と、言われて、

「純平ね。ウチのことは、涼子でええよ」

そんな風に友達みたいに人なつっこく接してきて、ドキドキする。島のおおらかさがいいなあと思う。

「仕事なん？　それとも観光？」

訊かれて、まさか「混浴しに来ました」とは言えない。

「秘湯を探して、全国を回ってるんです。ついでに、それをブログに書いてるんだけど」

今どきブログなんて珍しいっ、と言われて、スマホで見せてやると涼子は予想外に驚いた。

「ウソやん！　ウチ、これめっちゃ読んどる……すごい人のいない秘湯にいくヤツやろ。ほんまにこれ書いてる人？」

神様っ……と、思わず天を仰ぎたくなった。

奇跡だ。奇跡。

こんなに可愛い女性が、まさか自分のブログを知っているなんて……万に一つの奇跡が起きた。

「ホントだよ。ほら、このブログの写真、俺がとってアップしたんだ」

「えーっ、どれ？　あーっ、ほんまや。ふーん、これがモテないクンなんや。せやけど、別にモテなくないんちゃう？」

美女がじっと凝視してきた。

その目が、今までよりもイタズラっぽく輝いている。

「い、いや……ホントにモテないよ、マジで」

「ほんまにぃ？　ねえ、もっと見せてよ」

彼女がうれしそうに身を寄せてくる。

右肘に、ふにょっとした柔らかいものが当たっている。

(う、うわっ……おっぱい！)

だけど彼女はこちらのエッチな気持ちなど知るよしもない、という感じで、恋人同士のようにギュッと右腕にしがみついて、スマホを見ている。

Tシャツ越しだが、中につけているブラジャーと乳房の感触がしっかり伝わってくる。

夢のような感触だ。緊張が走る。

そしてホットパンツから覗くムチムチの太ももが、ぴたりとくっつけられていて、カアッと身体が熱くなっていく。

(すげえいい匂いがする……柑橘系の甘い匂いだ)

褐色のボーイッシュな雰囲気の美女は、なんとも爽やかで気さくでいい子だ。

「あ、だからこの島に来たんやね。確かに地熱の温泉あるわ。そうだ、午後から島の中、案内してあげる」

この島を選んでよかったと、心の底から思った純平だった。

2

民宿に着くと、すぐに昼ご飯をいただいた。

というのも、この島には食堂がないから、昼食は民宿で食べるか、あとは島唯一の商店で買い食いしかないらしい。

お昼は島で取れたアジやブリの海鮮丼だ。新鮮でぷりぷりして美味しい。漬物も、サラダもみんなここで取れたものだ。

島では自給自足が当たり前なのだ。

ご飯を食べ終えると、涼子がクルマを出してくれた。

シートベルトが斜めに食い込んでいるので、乳房の丸みが余計に強調される。

結構でかい。

（エ、エロいよな……）

ショートヘアで褐色の肌、小柄で華奢なボーイッシュな雰囲気……童顔でロリっぽいけど、二十七歳の成熟した身体。

そのアンバランスさが実にいやらしいのである。

最初は島で一番見晴らしのいいところに行こう、というので、島の端の方までクルマで走っていく。

信号がないし、すれ違うクルマもほとんどないから十分ほどで着く。

途中までクルマで、あとは山登りだ。

といっても二百メートルくらいの山である。

簡単に登れたから眺めはそれほど期待していなかったが、展望台までいったら、意外なほど眺めが良くてびっくりした。

火山の噴火でできたカルデラという陥没地形で、すり鉢の底の方に集落があるのが一望できるのだ。

「すごいやろ」

涼子が自慢げに言う。

「うん、すごい。絶景だね」

一生懸命に写真を撮ってから一息つくと、また彼女が右腕にからみついてくる。

「ウフフ。マジで感動してくれて、うれしいわ」

肩に頭を寄せてくる。

相変わらず腕におっぱいが押しつけられていて、もう理性がもたなくなってきた。

(こんなにイチャイチャして……こ、恋人同士みたいだ)

もしかして、人なつっこい子なのだろうか。

と、緊張していると、涼子が「あっ」と手を離した。

「こういうの、いややった？　ごめんね」

純平は全力で首を横に振る。

「い、いやなわけないよ。その……こ、こんなに可愛い人なら……」

思いきって言えた。

昔は言えなかっただろうけど、ここのところの混浴ラッキー状態で、女性に対してちょっと免疫のようなものができてきたのを感じる。

涼子は、くりっとした目を三日月にして、元気よく抱きついてきた。

「ウチな、誰にでもこんなことせーへんよ」

「えっ……」

「だって……ウチ、あのブログのファンやもん。それに、この島の景色をここまで感動してくれる人、なかなかおれへんし」

「いや、ホントにキレイだよ」

Tシャツの下のたわわな胸のふくらみが、また腕に押しつけられている。ドギマギしながら、頭の中で「いける！」と考えてしまう。

（いや、待てよ……二十七歳か……）

じっと涼子を見る。

「何？」

上目遣いに見つめられる。

「い、いや……別に」

既婚かどうか訊けなかった。というよりも、わざわざ「結婚してる？」なんて訊いて空気を悪くしたくない。

このままでいこう、と思いながらクルマに乗り込んだ。

途中、神社やお寺があり、小学校や保育園があった。

どれも「島で唯一」がつくから、本当に小さなコミュニティだ。途中で出会う人も、みな知り合いみたいに気さくに声をかけてくれる。

「おう、珍しいな。平日に。観光かい？」

鍬《すき》を持ったおじさんが声をかけてきた。

「ええ、まあ」

横にいた涼子が言う。

「このおっちゃん、居酒屋のマスターなの。島で二軒しかない居酒屋やから、貴重なんよ」

「へえ……ここの方なんですか？」

おじさんは首を横に振る。

「ううん、移住。といっても三十年もおるから、もうすっかり島の人間やな」

「あの、どうして移住を？」

「そりゃ、この景色やろ。最高だろう？　それにこれや」

おじさんが小指を立てて、豪快に笑った。

「この島はべっぴんが多いからな。ウチの奥さんも絶世の美女でなあ。この島まで追いかけてって結婚したんや」

なかなかロマンチックな話である。

「兄ちゃんも、ウチの居酒屋に来るといい。島はホントに美人が多い。若い子は少ないけど、みんな美人や。ほら、この子なんか島のアイドルやで」

「おっちゃん、わかっとるなあ」

涼子がピースサインをつくって見せてきた。

(島のアイドル……？　ということは、やっぱり独身かっ)

がぜん鼻息が荒くなってきた。

夕方、彼女に連れられて「海の展望公園」に来てみれば、ちょうど太平洋に夕日が沈むときだった。

「すげえ景色」

「ウフフッ……ゆーたやん。キレイやろ」

涼子がまた寄りそってきた。

(ああ、最高だ……)

Tシャツ越しの、ゆさゆさ揺れるおっぱいの感触は素晴らしかった。

島のアイドルどころか、本当のアイドルみたいな可愛らしさで迫られて、もうどうにかなってしまいそうだった。

黙っているとハアハアと息を荒げてしまうので、適当に話題を振った。

「ホ、ホントにこの島が好きなんだね」

「うん。でも、ほんまは帰ってくる予定なかったんよ。お父さんが亡くなってしもうて、お母さんひとりになって……しんどいやろうなって戻ってきたの。でも、今は帰ってきてよかった思ってる。結婚もしたし……」

「それはそれは……ええっ！」

とんでもないことを言われて、純平は二度見した。

「け、結婚？」

「うん、ウチ、人妻」

期待と希望と恋心……。

すべてがガラガラと崩れていく。

「そんなあ」

思わず声に出してしまうと、涼子が軽く頬にキスしてきた。

「え……」

驚くと、彼女は赤くなって恥ずかしそうにしている。

「でも、ウチの人な、漁師で半年ぐらいずっとおらんの。それで一、二カ月おったら、すぐにまた東京にいったり、北海道に行ったり……漁は口実で遊び回ってるのよ。だから、ウチがこういうことしてもいいわけ」

「はあ……」

なるほど、ここにも寂しい人妻がいたのか。

「純平、ホントにモテへんの？」

言われてドキッとした。

いや、モテないのは間違いない。ここのところ、いい思いをしているのは運でしかない。

「い、いや、ホントにモテないよ」

「童貞？」

うれしそうに訊かれた。

そうだ、と言おうと思ったけど、ボロが出そうだとやめておいた。

「い、いや……」

「ふーん、経験はあるんだ。なーんだ。ヤラせてあげようとおもてたのに。モテないくんじゃないやん」

からかうような笑みでジッと眺めてきた。

純平は口をあんぐりさせた。

「で、でも……ほとんど経験ないんだ。ホントにホント」

慌てて言うと、涼子は口に手を当てて「きゃはは」と楽しそうに笑った。

「必死やん……可愛いっ」

ギュッと手を握られた。

ビクッとしていると、夕日が落ちかかっている誰もいない展望台で、涼子は少しはにかんでうつむいてから、ギュッと抱きついてきた。

「り、涼子さんっ」

「……ここにおるときだけでええの……ウチじゃ、あかん？」

首を横に振ると、涼子ははにかんだ。

「ウチ、ホンマにこんなことせーへんよ。純平が、島のこと好いてくれたのうれしいの、せやから……」

涼子が見つめてくる。

Tシャツの胸元がのぞけている。

たわわなバストがギュッと寄っているのが見えた。

ハッとしたら、涼子が目を細めていた。

「ウフッ、すけベッ。でも、可愛いわ、ほんま」

涼子は笑いながら、自分のTシャツの胸の部分をつまんで、前に引っ張った。水玉柄のブラジャーに包まれた乳房がもろに見えた。

（ぬわっ）

見あげてくる目が潤んでいた。ぼうっとして、男を求めているのがわかる。

そして次の瞬間……いきなりキスされた。

「……ぅんんっ……んふ……」

積極的で大胆な子だ。

（ああ、キスしてるっ……島のチャーミングな人妻と……）

涼子の手が純平の首にからみついている。

純平も同じように彼女の華奢で小柄な肉体を抱きしめて、唇を押しつける。

涼子は温かい吐息を漏らしながら、舌先をぬるりと純平の口のあわいに忍び込ませてきた。

（うわあ……いきなり、ベ、ベロチューっ）

舌がねっとりとからみついてくる。

柔らかい唇と甘い吐息、ムンムンと漂う色香……。

たまらない。こちらも目を閉じて、舌をからませていく。

「んん……んっ……」

涼子が鼻奥からくぐもった声を漏らしながら、激しく呼応する。ねちゃ、ねちゃ、と唾液の音がして、

「うんんっ……ぅぅん……」

涼子のくぐもった鼻声が、悩ましく官能的なものに変わっていく。

脳がとろけそうだった。

ふたりの呼吸はますます荒々しくなり、ふたりの口の中がお互いの唾液で満たされていく。

まさに気持ちのこもったベロチューだ。

薄目を開ければ、可憐なアイドル顔が自分の眼前にある。

涼子は夢中になって、眉間に縦ジワを寄せた色っぽい表情で舌を伸ばし、純平の口の中をまさぐってくる。

お互いの気持ちが高まっていくのを感じる。

(今日会ったばかりで、しかも人妻なのに……)

いけないことだと思う。

だがこれほどまでに魅力的な子にエッチなキスをされたら、もうだめだ。

ズボンの中が硬くなっていくのを感じる。

涼子も純平のふくらみを感じたらしく、キスしながら手で股間をなぞってきた。

「うっ……」

ざわっとして、思わずキスをほどいてしまうと、涼子は可愛らしい目をとろけさせつつ淫靡な笑みを浮かべる。

「純平のエッチ……キスしただけやん」

そう言って目を吊り上げて怒ってくるものの、股間を撫でる手はますますいやらしくなり、ペニスの硬さや太さを推し量るように、ズボンの上から指でシゴいてくる。

「うっ……ちょっ、ちょっと、涼子さんっ……」

腰を引いて情けない声で言うと、涼子はウフフと笑った。

「ねえ、島の温泉に入りたいんよね。そこ、夜になると閉じてしまうよ」

「えっ？　ああ……」

本来混浴が目的の訪島だったが、もうそんなものはいらないと思うくらい、涼子とヤリたくてたまらない。

「でも……まあ……入らなくても」

そう言うと、涼子はクスッと笑った。

「えっちぃ。早く続きがしたいって顔してる。じゃあ続きは温泉で、しよっ。誰もおらん天然サウナとかあるから」

思わず息を呑み込んだ。

サウナでエッチなんて考えたこともなかったからだ。この島でしかできない僥倖《ぎょうこう》だろう。

3

いったん民宿に戻り、水着を持って温泉サウナに行く。

地熱を利用したサウナは、村民のいこいの場でもあり、観光客も数百円で一日利用できる。

男女共用だから、水着着用だ。ホームページで水着のことは知っていたから、純平も水着を持ってきている。

更衣室で着替えてからサウナに入ると、涼子が先に入っていて、木のベンチに腰掛けていた。

(ぬおっ)

黒いビキニがセクシーだった。

全身が小麦色に日焼けしているのに、ビキニトップとビキニパンツのライン部分の肌だけわずかに白い。日焼けの跡がハミ出ているのだ。

「ウフっ、ええでしょ、ここ。地熱だから、低温でじわーっと身体の中からあったまる感じ」

純平が隣に座ると、当たり前のようにぴたりと身体をくっつけてくる。

そして汗ばんだ首筋に、チュッとキスしてなついてきた。

「だ、大丈夫なの? 誰か来たら」

「大丈夫。この時間は地元の人間は滅多に来ないもん。観光客も今日はほとんどおらんし。へーきよ」

可愛く言って、大きな瞳で純平を見つめてくる。

汗ばんで、ちょっと上気した顔が愛らしい。涼子の頭の形のよさと小ささを際立たせるショートボブヘアが改めてよく似合うと思う。

(頭、ちっさ……肩幅も丸くて、それでおっぱいだけでかいって……)

人妻なのが本当に惜しい。

彼女は口角を上げながら、水着のパンツ越しにふくらみを撫でてきた。

「あんっ、もう硬くしてる……どうしたいの？　ウチのこと……」

「ど、どうしてって……」

「ウフフ、どういうこと考えて、ここをおっきくしてるのかってことよ」

ギュッと握られた。

「うっ……く！」

水着の下で性器はさらにカチカチに硬くなり、大きくテントを張っている。

「あはっ、ホントはずっと、ウチの脚とかおっぱいとかチラチラ覗いてたん、わかってたもん。うれしい？　ウチのビキニ」

涼子の大きな瞳は、イタズラっぽい輝きを放つ。

蒸し風呂のサウナの中で、じわっと汗が噴き出てくる。ふたりとももう汗まみれだった。

涼子は純平の開いた脚の真ん中に陣取って、膝立ちする。

そうして純平の水着に手をかけて膝まで下ろすと、蒸し蒸しするサウナの中で、汗ばんだ屹立が飛び出した。

「りょ、涼子さん……ッ」

「ウフフ。すごーい」

涼子がはにかみながらも肉茎をつかんで、ゆるゆるとシゴき出した。

そうして得意の上目遣いをしながら、純平の胸板に顔を寄せ、乳首にチュッ、チュッとキスをして、さらには乳首を甘噛みされた。

「うっ……ああ……」

乳首をくすぐられて感じるなんて、初めての経験だ。だが気持ち良くて股間がまたビクビクと脈動してしまう。

涼子は乳首を舐めながら、純平を見つめてくる。

「ウフフ。純平、乳首もカチカチやん。感じやすいんやね。女の子みたい」

可愛らしい声でささやかれる。蒸れたサウナ室には淫靡な熱がこもり、女の体臭や汗の匂いが強く香って鼻腔をくすぐってくる。ますます陰茎が昂《たか》ぶり、ハアハアと息が弾んでいく。

「ウフッ、気持ちええ？」

「えっ……う、うん」

「やんなぁ。だって、もうエッチなオツユがこないに出てるもん」

下を見れば、鈴口から透明なガマン汁がこぼれている。

それはそうだ。

だって、こんなに愛らしい子が……褐色の肌の美女が、股ぐらで男のイチモツをいじっているのだ。

見ているだけでおかしな気分が高まってくるのも当然だ。

「ほんまに気持ちよさそう……ハアハアしちゃってるね。ウフフ、じゃあ、もっといじめちゃうから」

涼子がうれしそうな笑みを漏らして、顔を寄せてくる。

「おお……うっ……ッ」

純平は歯を食いしばった。

涼子の赤い舌が、尿道口をちろちろと舐めて刺激し、さらにはカリ首の円周に沿って、ツゥーと舐め上げたのだ。

「うっ……く……」

低温とはいえ、サウナの中である。

一気に体温が上昇し、脳みそがとろけそうなほど熱くなって全身が汗ばんでいく。

「純平のオチンチン、汗くさっ。しょっぱいんですけどぉ」

涼子は舐めながら顔をしかめる。

「ご、ごめん、でも……」

申し訳ないといたたまれなくなると、涼子は伸び上がって、純平の唇に軽くキスして微笑んだ。

「やん、もう。ウソよ。そんなに泣きそうになって。あはは、可愛いんだから……」

お詫びよ、と言って、涼子は亀頭を握ったまま姿勢をぐっと低くして、敏感な裏筋をねろりと舐め上げる。

「おうぅっ」

ぞわぞわして腰が浮いた。

「ウフフ、ここがええのね？」

「気持ちすよぎて……おかしくなりそうだよ……」

「ウフッ、ホントに可愛いんだから」

次の瞬間、ぷっくりした柔らかい唇が亀頭部を覆っていた。

Ｏ字に大きく口を開けて、ゆったりと半ばまで咥え込んできて、温かい口腔によって、じんわりとペニスが熱くなっていく。

あまりの気持ちよさに純平は天を仰いでいた。

（ああ……サウナに入って汗臭い俺のモノを、愛《いと》おしそうに頬張ってくれるなんて……)

自分の開いた脚の間を見た。

そそり勃《た》つ怒張が、ショートボブの愛らしい人妻の、ピンクの唇に飲み込まれている。

「ん……？」

涼子が咥えながら見あげてきて、つらそうに顔をしかめる。そうして恥ずかしそうに、ちゅぽっとペニスを吐き出した。

「……いややわっ、エッチ。咥えてるとこ、じっくり見ないでよぉ、いじわるっ……」

拗ねたような上目遣いをして、恥ずかしそうにしながらも、また根元を持って亀頭に唇を被せ、顔を上下に振り始める。

さっきより激しい。もしかして、仕返しだろうか。

「ぐぅぅ……」

表皮をぷっくりした唇が滑る心地よさに、純平は身悶えた。

ふっくらとした涼子の唇が、唾液で濡れ光る肉棒にからみつきながら、前後に妖しく動いている。ねっとりとした口中の粘膜と唇にこすられて、甘くとろけるような、熱い感覚が早くも押し寄せてくる。

「んん……んん……」

いよいよ息苦しくなったのか、涼子の甘い息が何度も下腹部に当たり、それに呼応するように、ずちゅ、ずちゅ、という唾の音が激しくなってくる。

見れば、可愛らしい顔はサウナの汗できらめき、目の下から頬にかけては、ピンク色に染まりきっていた。

（しゃぶりながら……涼子さんも興奮してる……）

踵の上にあるビキニの大きな尻が、もどかしそうに揺れている。

その興奮を表すように、涼子は咥えるだけでなく、しゃぶりながら口中で愛おしそうにエラの部分に舌を這わせてくる。

たまらなかった。

「うっ、ああ……だ、だめっ……そこは……」

訴えると、汗まみれの涼子はまた勃起を吐き出して、笑った。

「ウフフ。ガマンできん？」

「う、うん……だめだ。出ちゃう」

限界を告げると涼子ははにかんだ。

「……いーよ、純平が好きなときに出して……」

「え……で、でも……？」

「ウフッ、そんな神妙な顔してもバレバレやん。ホンマはウチの口の中に出したいんやろ？」

「い、いやそれは、その……」

「やん、もう……」

言いながら、また咥え込んできた。

今度は強く吸引して頬張りながら舌をからませてくる。

口と舌で責め立てられて自然と腰がせり上がり、ついには自分から腰を押しつけていた。

「くぅっ……もう、無理……」

出そうだった。

だが……その瞬間。

涼子はまた口からペニスを離して、見つめてきた。

「ウフッ、もう無理？　ウチに飲ませたかったのにな、ざーんねん」

からかうような目をして、口ではなく手で激しくシゴいてくる。

「え？　く、口に出させてくれるんじゃ……」

「ウフフ。ウチの口に出したいの？　じゃあ、もうちょいガマンせな。ね、ウフフ」

細めた目をして、からかってくる。

「くうう、で、出るって……い、いじわるしないで」

手コキでもうれしいけれど、せっかくだったら口で抜いてもらいたい。

必死に腰に力を入れて、唇を嚙みしめてガマンしていると、

「ウフフ。ガマンしてる顔、かーわいい。しゃーないな、もうっ」

涼子がやれやれと咥え込んできた。

ようやくだ。

ようやくフェラされて一気に悦楽の波が襲ってきた。

「あ、で、出るッ……」

足先が震え、ふわっとした痺れが純平の全身を貫いた。

切っ先から一気に熱いものがほとばしった。

「んんん……」

涼子は純平の太ももをギュッとつかんだまま、顔を動かさなかった。

「むう……ううんっ」

ちょっと苦しそうな声だ。

あの青臭くどろっとした精液がかなりの量、放たれたはずである。

（ああ……こんな美人の口に中にホントに出しちゃってる……あんなに粘っこくて臭いザーメンをたっぷり……）

申し訳ない気持ちになりつつも至福だった。

ムンムンとした蒸気の中、まるで全身の汗が噴き出したかと思うくらいの、気持ちのいい射精をさせてもらうのだった。

4

ふたりでイチャイチャしながら温泉に入った後は、民宿に帰って着替えて夕食を取って、それから例の居酒屋に繰り出した。涼子は白いTシャツとミニスカートという格好になった。小麦色の太ももがエッチだ。

行ってみると席は満杯だった。涼子と横並びになり、テーブルの相席でなんとか入れてもらえた。

（なんでこんなに人がいるんだ？）

不思議に思ってまわりを見てみると、港で働いていた人や商店の主人や、さらには泊まっている民宿の女将さん、つまりは涼子の母親までいる。

カラオケで盛り上がっていて、ここだけ見ればとても数百人の島とは思えない盛況ぶりだ。

「すごいね、もしかして、島のみんなが、知り合いなの？」

訊くと、涼子は地元の焼酎を飲みながら、

「そこまでやないけど、大体、どこの人間かは知ってる」

と言うので、改めて面白い島だなあと思った。

「いい島だね。景色も、人も面白い」

と改めて言うと、彼女は顔をパアッと輝かせる。

「せやろ？　ここの人は、みーんな濃いねん。いい人ばっかりよ。ほんまにストレスとかなくて楽しい島なんよ。純平、うれしい……ウチ……」

そう言うと、涼子はウフフと笑って身体を寄せてきて、テーブルの下で純平の股間を手でイタズラしてくる。

（ちょ、ちょっと！　他に人がいるのに……）

びっくりして見れば、彼女は上目遣いに潤んだ瞳で凝視してくる。

（つ、続きをしたいんだな）

フェラしてもらったのだから、次はこちらが気持ちよくさせなければ。

それにしてもだ。

この愛らしい口に自分の精液を注いだと思うだけで、また股間が疼く。

ついさっきのことだ。

口内射精したあと、涼子は勃起から口を離し、頬張ったままギュッと目をつむり、コクン、コクンと細い喉を鳴らした。何も言わずに飲んでくれたのだ。

思い出し笑いすると、涼子が目の前で手をひらひらさせた。

「なあに考えてるの？　ぼうっとして……」

「えっ……い、いや……」

フェラチオのことを考えてたなんて、こんな満席の中では言えない。

だが涼子は、そんなことおかまいなしに、すっと耳元に口を寄せてきて、

「ウフフッ、さっきのフェラのこと考えてたんやろ？　純平のアレ、めっちゃ濃かったから、まだ喉に味が残ってるんよ。えぐいて、ほんま……あんな濃いのを直におまんこに注がれてたら、ウチ、妊娠させられちゃいそう」

「ふ、ふえっ」

思わず目を見開くと、彼女はぐっと股間のモノをつかんだまま、また、唇を耳に寄せてささやいてくる。

「ウフフ……もしかして、ウチを妊娠させてみたかった？　あかんよ、そんなことしたら」

耳元で思いっきり淫語をささやかれて、頭が沸騰した。

他の客たちは完全に酔ってるみたいで、涼子のきわどいイタズラにはまったく気づかないみたいだ。

気が気でない。だけど、純平もますます興奮が昂ぶってしまう。「酔ったから民宿に先に帰ります」と言うと涼子が、

「じゃあ、鍵を開けるから」

と、自然な感じで一緒に抜けてきた。

民宿の和室は、すでに布団が一組敷いてあった。

もうふたりとも興奮しきっていて、どちらからともなく抱擁し、そのまま布団に倒れ込んだ。

純平が顔を寄せると、涼子が待ちかねたようにキスしてきた。

「んっ……ンフッ」

ふたりで舌をもつれ合わせて、早くも激しくベロチューに興じる。

そして、キスをしながら見れば、涼子のミニスカがまくれ上がって、小麦色の健康的な太ももがきわどいところまでのぞいている。Tシャツの襟ぐりから、ブラも見えている。ピンクのブラと小麦色の肌のコントラストが実にそそる。

(可愛らしいおっぱいだ……)

思いきって、Tシャツ越しのふくらみに手を伸ばす。揉みしだくとブラカップに包まれた乳肉が柔らかく、ふにゅっと指の形に沈み込んでいく。

「……やん……」

おっぱいを揉まれた涼子が、恥じらいの声を上げる。

可愛い声だ。もうガマンできない。

ところがだ。

Tシャツをめくり上げようとすると、涼子はその手をつかんで、ショートボブヘアを振り乱してイヤイヤした。

「やん……ちょっと待って……やばっ……あ、あかんて……ウチ……」

「へ?」

戸惑った。

今までの奔放な態度とはまるで違うので、焦らしプレイかと思った。またからかっているんだろうと思い、強引に脱がそうとする。

すると、涼子は涙目で見入ってくるのだ。

「……だめぇ……いややわっ……なんか、めっちゃ恥ずいっ……純平に裸見られるのが恥ずい……」

「な、なんでっ……？」

純平は強引に脱がそうとした。

だが涼子は恥じらい、布団の上で身をよじって逃げてしまう。

「やあん……あ、あかんねん……ウチ、マジで恥ずい……だめじゃないのよ、だめじゃないんやけど、純平とエッチしたいけど……水着の跡が……」

「水着の跡？　ああ……」

そうか。ビキニの部分だけ白いのが恥ずかしいのか。

「だ、大丈夫だよ、そんなの気にしないし……」

というよりも余計エロいよ、とは言えなかった。

涼子は「うーん」と唸ってから、恥ずかしそうにじっとこちらを見て、甘える声でねだってきた。

「ねえ……お願い……ウチのこと……その……強引にしてほしい」

「はい？　強引って……無理矢理とか、そういうの？」

「うん……ウチ……そういうの、されてみたい……っていうか、そういう風にされないと、恥ずかしくて死にそう」

ぽうっとした目で見つめられる。

(強引になんて言われてもなあ。そういうのは、したことないんだけど)

ＡＶでは見たことあるが、そのときは縛《しば》ったりしてたっけ。と、目に入ったのは、布団の横に畳まれていた浴衣の帯だった。縛るのにはおあつらえ向きだ。

「これ……」

手を伸ばして細い帯を取り、涼子に見せると、彼女はハッとしたように目を見開いてから小さくうなずいた。純平が何をしたいのか理解したらしい。

「あ、あの……じゃあ、手を出して……」

おずおずと言うと、涼子は照れながらも手を前に出してきた。

彼女のほっそりした手を取り、帯を手首に巻きつける。そして、そのまま背中にまわさせて、両手をひとくくりにして軽く結ぶ。背中で両手を縛られた涼子は、不安げな顔を見せつつも、色っぽく目を伏せる。

「い、痛くない？」

「うん……」

あの奔放な態度はなりを潜めて、今はまるで捕まったお姫様のようだ。

（よ、よし……これで……）

ＳＭなんてしたことないから、ドキドキする。

涼子のＴシャツの裾をつかんで、めくり上げようとすると、

「い、いやっ……」

と抗うものの、縛られているから涼子は抵抗できなかった。涼子を見ると、いやというわりに目が潤んでいた。

「いやなの？」

訊くと、涼子は首を横に振る。

（いいんだ。彼女はこうされたいんだ）

もう強引にしようと心に決めて、おもいきってＴシャツをめくって、ピンクのブラジャーを強引にズリ上げる。

「ああっ！　だ、だめっ……」

涼子が首を振る。その小麦色の肌が赤く染まっている。

（恥ずかしいんだろうな、それにしても、日焼け跡のおっぱいがエロいな……）

肌は小麦色に日焼けしているのに、可愛らしいおっぱいだけは抜けるように白かった。

白い乳房の頂《いただき》は淡いピンクだ。

乳輪も乳頭も透き通るようなピンクで、人妻とは思えない。

「やん。あんま、見んといて……」

またうつぶせになろうとするので、肩をつかんで仰向けにして、強引に乳房を揉みしだきつつ、むしゃぶりつく。

「ンンッ……ああんッ、アアんッ、いや、いやッ」

涼子は不自由な両手を背中でもぞもぞと動かしながら、顔をのけぞらせる。

怯えたような目つきがなんとも、男の獣性を刺激する。

純平はおっぱいの弾力を味わいながら、頂点の突起を指で捏ねた。

「あっ……あっ……」

と、涼子はかすかな喘ぎを漏らしつつ、純平を驚いた目で見入ってきた。

「どこがモテないくんなの？　純平のウソつき……めっちゃ女のやばいとこ、ついてくるやん」

「ホントにモテないって……それより、今ので感じてたってこと？」

ちょっと意地悪く言ってみると、彼女は拗ねた。

「いじり方がいやらしいんやもん。あーもう、ほんまにスケベッ」

「そりゃあ、スケベになるよ。両手を縛られて抵抗できない状態だから、好きなことしたくなる」

調子に乗って言いながら、唾液でいやらしくぬめった乳首を舌で刺激すると、ますます乳首は硬く勃起して、

「あ、ああっ……ああ……あううん……」

涼子は顎をせり上げて、欲しいとばかりに下腹部を押しつけてくる。

(もう欲しくてたまらないんだ)

純平は手を下ろして、ムッチリした小麦色の太ももを撫でつつ、タイトスカートに手を忍び込ませていく。

「あっ……！」

涼子は目を見開き、いやいやして、後ろ手に帯で縛られた両手を暴れさせる。

「いやっ……いやんッ……」

それ以上はだめとばかりに、太ももをギュッと締めつけてくる。

純平は太ももの圧迫を押し返すように無理に手を動かす。

パンティのクロッチの上から亀裂をとらえて軽く触れたときだ。

「いやっ……！」

涼子がひときわ大きく暴れた。純平は息を呑んで涼子を見る。

「……涼子さん、すごい濡れてる」

煽ると、涼子が真っ赤な顔で睨んでくる。

ショートボブヘアの愛らしい人妻は、男性器をもてあそんでいた彼女とは別人のように、羞恥に顔を歪ませる。

「ウソやん……ウチ……そんなわけないっ！」

真っ赤になって反論するも、指で恥ずかしい部分をいじくられると、とたんに涼子は、

「あっ……あっ……」

と、うわずった声を漏らし始める。

「濡れてる……シミが……」

ピンクのパンティに舟形のシミがあった。

それを言うと、涼子はイヤイヤしつつも下腹部をすり寄せてきた。

恥ずかしくてたまらないのに、もっとしてほしい。

そのいやらしい動きにますます燃えた。

右手をパンティの中に滑り込ませ、柔らかい恥毛の奥にある媚肉に指先を届かせると、

「あっ……！」

ひときわ大きな声を上げ、涼子が身体を強張らせた。

繁みの奥に指を届かせれば、ぬるっ、ぬるっ、としたおびただしい量の粘液が中指にまとわりついてくる。

「うおっ、びちょびちょ……」

「あん、純平ってば。おおげさっ。ウソ言わんといてっ」

「ウソじゃないよ」

純平はパンティから指を抜き、彼女の顔の前に差し出した。中指は透明な蜜まみれで、いやらしい匂いがぷんと香っている。

それを見せられた涼子は真っ赤になった。

「いやあん、エッチっ……スケべっ……ヘンタイっ！　アホやん、もう……純平のこときらいやわっ……いややて、もうっ」

ぷんぷん怒っているのが面白くて、純平は左手で涼子の可愛らしい口を覆って塞いだ。

「んっ！　ううんっ」

涼子が「何するの！」という感じで、目を見開いた。

「ヘンタイでいいよ。じゃあ、もっとヘンタイなことするから」

いやいやするも、両手を縛られ、口も塞がれて声も出せない。

そんな状態の褐色の美女を追いつめようと、純平はもう一度、パンティの上端から右手を差し込み、指で膣を貫いた。

「ンうんっ！」

口元を手で塞がれた涼子が顔を跳ね上げる。同時に進入した指を膣の襞がキュッと食い締めてきた。

（うわっ、すげえ……）

中はもうどろどろだ。

「ん、んフッ」

涼子はくぐもった声を漏らし、だめっ、だめっ、と不自由な身をよじらせる。

ところが、指を出し入れすれば、ねちゃ、ねちゃ、と音が立ち、

「ンンン……ンンウゥ……」

涼子は細眉をたわめて目を閉じ、長い睫毛を震わせ始める。

(すげえ感じてる……ホントに無理矢理されるのが好きなんだな)

ショートボブヘアが乱れて、小麦色の肌に汗粒が光る。

全身が桜色に染まってきて、いよいよ大人の女の情感をムンムンと漂わせ始めてきたので興奮した。

(た、たまんねえ、やっぱ人妻だ、エロい)

涼子の口を手で塞いだまま、さらに膣に入れた指を膣内で鈎状に曲げて、奥をこすり上げたときだ。

「ンッ……！」

すると、涼子がビクッとして、背中をのけぞらせる。

(これ……イクんじゃないか？　いや、イカせてみたい)

ボーイッシュで勝ち気な二十七歳は、やはりスケベだ。縛られて恥ずかしがっているくせに、全身から「もうイキたい」いう雰囲気を醸し出している。

さらにパンティの中で、もぞもぞと指を出し入れすると、

「ン、ンンン……ンンッ……」

涼子の熱い息が、塞いだ手のひらにかかる。

大きな目が「イカせて……お願い……」と訴えているようで、腰もいやらしく動きだした。

さらに指を出し入れしていると、いよいよ涼子の腰が「どうにもならない」といったように、ぶるっ、ぶるっ、と小刻みに震えてくる。

（おお、イキそうなんだな……）

中指を挿入しながら、ワレ目の上部にあるクリトリスを親指で捏ねたときだ。

「んううう！」

手のひらで口を覆われて激しい吐息をこぼしながら、涼子は横を向いてギュッとつらそうに瞼を閉じた。

苦しそうだ。

慌てて口を塞いでいた手のひらを外してやると、

「み、見ないでっ……ウチ……イクッ……ああん、イッちゃうぅ……やあああんっ」

涼子の腰がガクガクとうねり、やがて力をすべて吸い取られたように、がっくりと弛緩するのだった。

5

（イッたんだ……すげえエロい。もうたまんないっ）

いてもたってもいられず、ズボンとパンツを脱ぎおろし、さらに涼子の手を縛っていた帯をほどいてやる。

そして、ぐったりしている涼子のスカートをめくり、パンティを足首から抜いてから、足を大きく開かせた。

「えっ……ま、待っててっ。もうするの？　ウチ……イッてるってば……今はあかんてっ……ねえ、ちょっと」

純平は無視して、正常位で腰を押しつけて、膣穴に切っ先を届かせる。

「あんっ……だめっ……は、入っちゃうっ」

イヤイヤする涼子を尻目に腰を押しつければ、なんの抵抗もなく、すぐに温かな膣の中にペニスが、ぬるうっ、と入り込んでいく。

「ああッ……」

涼子が顎を跳ね上げて、グーンとのけぞった。

つらそうにギュッと目を閉じて、眉間にシワを寄せた苦悶の表情で、ハアッ、ハアッと喘いでいる。深々と串刺しにされた衝撃を、全身で受けとめているようだ。

見ていると、少し落ち着いたのか、涼子が目を開けた。

「あかんって言うたのに……ばかぁ……」

涙目になっている人妻が、もうこの世のものとは思えぬほど可愛すぎた。

「ご、ごめん、でも……もうホントにガマンできなくて……」

言うと、涼子は苦しそうにしながらも笑みを漏らす。

「ウソよ。ええよ……純平とひとつになりたかったんだもん」

ギュッと抱きしめられて、同時に熱くとろけた美肉が肉竿にからみついて、キュッと締め上げてきた。

久しぶりなのだろう。

粘膜が小さく痙攣しているのがわかる。だがその痙攣が、余計に気持ちよさをふくらませてくる。

純平がくびれた腰をがっちり持って、腰を振り始めれば、

「ああンッ、だめっ……そんなにしたら……」

涼子が優美な眉を折り曲げて、つらそうに硬く目を閉じ合わせながら、打ち込みの

衝撃にたえている。

快楽に染まっていく可愛い人妻の顔を見つめながら、もっと強く腰を穿《うが》った。

「あうぅぅ！　いやッ……ああんっ……」

結合部からは、しとどに蜜があふれて、ずちゅっ、ずちゅっ、といやらしい音が響き渡る。

「くうう、気持ちいい……涼子さん、気持ちいい」

「ウチも……ええよ、気持ちいいっ」

爪を立てるほど強く抱擁された。同時に腰をぐいぐいと押しつけてくる。

「ああん……だめっ……だめなのにっ……動いちゃうぅ！」

戸惑いの声を上げつつも、涼子はおっぱいを押しつけるように抱擁を深めてくる。

さらに奥を穿ったときだ。

「だめえっ……またイクっ……あかん、ウチ……」

もうだめッ、という表情で、泣きそうな顔で凝視してくる。こちらももう限界だったが、それでも歯を食いしばって連続して叩き込めば、

「あ……あっ……イクッ……ああんっ……ウチ、イクッ、イッちゃううう！」

涼子は先ほどのアクメの時よりさらに大きくのけぞって、ガクン、ガクンと腰を痙

攣させた。

同時に膣襞がギュッとしぼられた。

甘い疼きが尿道からせり上がってきて、

「で、出るッ……」

歓喜が身体を貫いた。

慌てて抜くと、亀頭部から出た白い体液が涼子の褐色の肌を汚していく。

気持ちよすぎる射精だった。

第四章　はじらう四十路美女

1

風薫る初夏のきざしも見えてきたが、純平の生活はどうも花冷えのままのようであった。

いや、人生の絶頂期なのはわかっている。

清楚で可憐な三十二歳の美しい人妻との混浴セックス。

真面目な女教師風美人と、小悪魔お姉さんと、巨乳童顔美人の、三者三様の人妻との乱れまくりハーレム。

そして、ショートボブのヘアスタイルが似合う、ボーイッシュな雰囲気の褐色の肌の美女で……スケベな美人妻。

全員が全員、かなりのいい女。

そんな女性たちと、自分がヤレたのだ。

混浴がいいと言った、あの占い師には本当に感謝しかない。

なのに。

なのに、だ。

心は底冷えしている。

(なのに、なんでみんな人妻なんだよぉ……結局は人のものじゃないかよぉ！)

部屋の真ん中で、ごろんと横になったときだ。

「じゅんぺーい」

間延びした声が聞こえたなあと思ったら、勢いよくドアが開いた。

ドアの角が思いきり頭に当たり、

「いってー」

と、見あげれば、白いパンティが視界に飛び込んできた。

「ぬわっ！」

慌てて起きると、プリーツミニスカートを手で押さえた美月が、じろっと睨みつけていた。

「やめてくんない？　そうやって覗くの」

「アホかっ。いきなりドアを開けたのは、そっちだろうが」

いつものようにまた罵られるなと思ったのだが、意外にも美月が、

「悪かったよ」

と、しおらしく言うので、ちょっと調子が狂った。

「な、なんだよ……謝るのかよ」

「あんねえ。あたしだって、素直なところくらいあるから」

「……ふーん。んで、なんだよ」

「この前の漫画、やっぱり借りようかと思って」

「わざわざ借りに来たのかよ。言えば持ってってやったのに」

「いーよ。また風呂とか覗かれたら、やだもん」

「覗いてねーっつーの。誰がおまえの裸なんか覗くか」

純平はムッとしながら、本棚を探す。

（珍しいな、こいつが白いパンティだなんて。そーいや、こいつのおっぱいもアソコも見たんだよなあ……それに、脱ぎたてのパンティも……）

カアッと身体が熱くなってきた。

あほか、美月だぞ。

そう思うのだが、やはり可愛いものは可愛い。

前髪を切りそろえて、ふんわりさせた栗色のミドルレングスのヘアスタイルに、同色の細眉、意志の強そうなパッチリした目。

昔から美少女であったが、二十三歳になったら色っぽさも出てきて、女らしく成長したと思う。

だけど、男をとっかえひっかえするビッチなのだ。

と、そんなことを考えてたら、いきなり後ろから美月にギュッとされた。

(おおう……おっぱいが……九十センチが……)

Tシャツ越しのFカップの乳房のボリュームと、甘い女の匂いで股間がムズっとしたので慌てて股間を手で隠す。

幼なじみの生意気な女であっても、男としては本能的に股間を大きくしてしまうのは情けないが、仕方ない。

「ねえ、やっぱりさあ、あたしの身体、気になるんでしょう？　うんって言えば見せてあげてもいいんだけどなぁ」

「ばかなこと言うなっ」

「何がばかよ。あたしがモテるの知ってるでしょう？　ねぇ、純平。いいよ、今晩、あたしでシコシコしちゃっても。サービスしておっぱい見せちゃおうかな」

肩に手を乗せて、甘い鼻声で迫ってくる。

フランス人形のような、北欧の美少女のようなキュートな顔で、そんな風に迫られたら、反応しない男は確かにいないだろう。

勃起の芯が熱くなってくる。

だけど、だめだ。

こいつは妹みたいなものである。性的な興奮なんか……。

「前から言ってるだろ。俺にだって好みくらいあるって。男がみんなおまえに興味あるなんて思うなよ、ビッチのくせに。もっと自分を大切にしろよ」

どうせ言い返してくるだろうと思った。

だが、美月は反論もせずに身体を離してから、ベッドに腰掛けた。

「普通にこんな可愛い女が、おっぱい見せてやるって言ったら、みーんなハアハア言うんだけどなー」

「おまえなぁ、ホントに自分を大事に……」

息がつまった。

美月がTシャツを頭から抜き取ったからだ。

「な、な、何してんだよ？」

美月はノーブラだったので、生乳だ。

改めて見ても大きくて、しかも生意気そうにツンと上向いていた。

大きさでいえばGカップの里緒奈の方がでかいのだが、正直、美しさでいえば美月が上だ。

日本人離れした巨大なバストが華奢な身体にくっついているのである。

どれだけすさまじいおっぱいか、理解してもらえるだろう。

しかもである。

乳頭部はピンク。

ビッチのくせに、処女みたいな乳首をしているのである。

「ウフフッ、どう？　あたしのおっぱい、おっきいでしょ」

「ばか、しまえよ」

「なあによ。無理しないでいいって。いいよ、あたしのこと今日だけ好きにしても」

美月は、「にひひ」と笑うと、抱きついてきて純平をベッドに押し倒してきた。

「ぬわっ、何すんだっ」

抵抗しようとしても、甘い匂いがしてクラクラする。

栗色のつや髪から甘いリンスのような芳香がした。いや、何よりも美月の身体から濃厚なミルクみたいな匂いがする。

(こいつ、フェロモンでも出してるのか？　やばい……)

いい匂いがするわ、おっぱいは大きいわ、腰はくびれてるわ……。

何よりも愛くるしいのだ。このまま襲いかかりたくなってしまう。

「や、やめろってば……」

必死に理性をかき集めて抗うと、美月はクスクスと笑って、ぱっちりメイクの目を細めてくる。

「何がやめろ、よ。大きくしてるくせにー」

美月がファスナーを下げ、手を入れてペニスをつかんで引っ張り出してきた。

「わっ、ちょっと……」

逃げようとすると、のしかかられた。

思ったより軽い。やっぱり女の子だった。だけどギュッとされてしまうと、力が抜けて抵抗できなくなる。

「あれ？　あんた、意外とでかくない？」

美月の右手が根元をつかんできた。

「うっ……」

しなやかな指で刺激を加えられて、さらに陰部がカチカチになる。

「うっわ、ビクビクしてる。きゃはは……ほうら、やっぱり、あたしの身体で興奮してるじゃん。この前みたいに、ピュッ、と出しちゃう？」

不覚にも、美月の手コキで射精したのを思い出す。

「あ、あれは……フィニッシュ直前に、おまえがつかむから……」

「でもよかったでしょ、あたしの手コキ。ほうら、襲っちゃう？　ん？」

挑発的に目の前でおっぱいを揺らしてくる。

Fカップの美乳だ。見ているだけで息が荒くなる。

今までの人妻と同等、いや、スタイルだけだったら美月がナンバーワンかもしれない。気を抜くと押し倒して揉みしだきたくなるおっぱいだ。だが……。

「い、いい加減にしろっ」

純平は理性を振り絞って、美月を突き飛ばした。

美月が呆然とこちらを見てから、キッと睨みつけてきた。

「何よ！　ホントはあたしとヤリたいくせに！　やせ我慢すんな、童貞っ」

「……だから童貞じゃねぇつーの。つーか、おまえの身体目当ての、あんな男たちと一緒にすんな！」

怒って言い返してくるだろうと思った。

だが、美月は哀《かな》しそうに顔を歪ませて、

「ホントにきもっ……さいてーっ」

とだけ言い残して、部屋から出ていってしまう。

（あれ？　なんかいつもより勢いがないな……）

しかも泣いてなかったか？　まさかな……。

2

（ようやく近くまで来たぞ……今度こそは……）

山道を登りながら、純平は期待に胸をふくらませる。

今までは秘湯中の秘湯ばかりを探していたのだが、今回は「湯あみ着ＯＫ」の共同浴場なのでハードルは低い。

と思って、山梨県の山奥まで来てみたが、迷ってしまった。

(おっかしいな。地図だと、このへんなんだけど)

スマホを見る。

今は午後三時だ。日帰りだから、あんまり時間もない。

へんだなと不安に思っていると、わずかに硫黄の匂いがした。

あれっ、と思って生い茂る木々をかき分けて見てみれば、切り立った斜面のその下に、大きな岩風呂があって拍子抜けした。

(なんだ、下にあったのか……おお!)

髪をアップにした女性がひとり、紺色のキャミソールのような、おそらく湯あみ着と思われるものを身につけて、湯船に浸かっているではないか。

横顔が見えた。落ち着いた大人の女性だ。しかも美人。

同世代、いや少し年上の三十代くらいだろう。

(ちょっと年上かな。人妻かもしれないけど、キレイな人だなあ)

とにかく混浴だ。

彼女が帰る前に混浴しようと慌てたとき、ずるりと靴が滑って、山の斜面を尻で滑走してしまう。

木の枝につかまろうとしても、勢いがあって無理だ。

そのまま斜面を滑っていき、ばっしゃーんと派手な水音をさせて、岩風呂にダイブしてしまった。

「がほっ、げほっ……」

溺れる、と両手を暴れさせると底に手が着いた。

当たり前だがそれほど深くはない。

なんとか立ち上がる。担いできたリュックが温泉に浸かってびしょびしょだ。

（やばっ！　スマホ）

ポケットに入れていたスマホを取り出すと、ぐっしょり濡れていたが、なんとか動いていた。

はあ、と安堵の息をつくも、全身がぐっしょりである。

（まいったな、なんにも持ってきてないぞ）

どうしようかと途方に暮れていると、セクシーな湯あみ着を着た女性が心配そうに近づいてきた。

「あ、あの……」

黒髪をアップにした美人だった。

先ほど上から見ていたときに温泉に入っていた女性だ。

（うわあ、近くで見てもキレイな人……）

柔和な雰囲気の色っぽい美人だ。

しかし、今はじっくりと眺めている場合ではない。

「す、すみません、足を滑らせて……」

「見てましたよ。とにかくお湯から出てください。タオルを持ってきますから」

彼女は湯船から出て、湯小屋に向かっていく。

言われたとおりに湯船から上がる。服が水を吸ってかなり重たいし、服が肌に貼りついて気持ち悪い。と思ったら、彼女がバスタオルを持ってきてくれた。

「これ、使ってください」

「あ、ありがとうございます」

助かった。

自分でもタオルを持ってきていたが、もちろんぐっしょり濡れてしまっていた。

女性から借りたバスタオルで岩風呂の湯船で頭や顔を拭いて、ようやく何かしら考えることができるようになった。

とにかくスマホは無事だ。

あとは財布。濡れたお札でいいから、それでどこかで着替えを買って……と思ったが、コンビニは一体どこにあるんだろう。

　本当についてない、と、がっかりしながらバスタオルで顔を拭《ぬぐ》う。その落ち込み具合を見かねてか、美人が声をかけてくれた。

「あの……今日はどこかにお泊まりなのかしら？」

「いえ、日帰りのつもりでした。東京から来たんで、夕方には帰れるかなと思って何も用意してこなくて」

「あの……よかったら私の部屋に来て服を乾かしたらどうかしら？」

「えっ！　い、いや、そんな」

　改めて女性を見る。

　タレ目がちの目尻が優しげな、癒やし系の和風美人だった。

　おそらく若いときはかなり可愛らしかったと思える。可愛いままに年相応の色香を身につけたという感じだ。

（きっと人妻だろうなあ……この色っぽい雰囲気は……）

　だとすると夫婦で来ているのだろうか。

「いや、でも……ご迷惑が……ご主人にも……」

「大丈夫よ、私ひとりで来てますから。すぐ近くの旅館に泊まっているんです」

ひとり?

バスタオルで身体を拭きながら、チラチラと彼女を見る。

キャミソールのようなセクシーな湯あみ着の胸元が、悩ましく盛り上がっている。

かなりのグラマーで、純平は息を呑んだ。

(ひとり? ひとりで来てるのか……しかし、で、でかいな……おっぱい……それになんかムチムチしてるぞ)

腰つきもエロいが、湯あみ着からチラリと見える太ももが、ムッチリしている。

どういう事情でひとりなのかはわからないが、これほどまでに色っぽい女性がひとりでいる部屋に、男が上がるのはまずいだろう。

「ひとりなら、なおさら……」

本当は行きたいし、その方が助かるが、そこまで厚かましくは振る舞えない。

断ると、彼女はウフフと優しげに笑った。

「あら……ウフフ。こんなおばさんなんだから、遠慮はいらないわよ」

おばさん? 確かに年上っぽいが、おばさんとはどういうことだろう。

「いや、そんな……お、おばさんなんて思えないです」

「いいのよ、そんなに気をつかわなくても。アラフォーのおばさんのひとり旅ですから、別に」

言われてびっくりした。

(ア、アラフォー？)

改めてじっと見ても、彼女は若々しい感じがする。今の四十代はかなりキレイだと思うけど、もし四十歳なら、その中でも別格の美熟女だ。

(こんなキレイな人なら、四十歳でもまずいよ)

と思うのだが、旅館に乾燥機があると言われたので、厚かましくも部屋に入れてもらうことにした。

彼女は車で来ているというので、しばらく湯小屋で待っていたら、白いブラウスとフレアスカートに着替えた彼女が足早にやってきた。

後ろで結わえた髪がまだ濡れていた。

「すみません、せっかくゆっくりしていたのに」

「いいのよ。もう充分入ったから」

クルマの中で彼女は自分のことを簡単に語り始めた。

名前は三ツ木志乃《みきしの》、四十歳。

資産家の奥様だったようだ。見た目通り、やはりセレブである。

奥様だった、というのは、三年前に旦那を亡くした未亡人だからだ。

「僕は、奥平純平と言います」

緊張しつつ、名前と二十七歳という年齢を告げると、

「あら、もっとお若く見えたわ」

と言われたので、道を間違えて温泉に落ちるような、おっちょこちょいの若い男に思われたんだろうなと恥ずかしくなる。

(未亡人か……)

それにしてもキレイな人だ。

和服なんか似合うだろうなと思いつつ、ブラウスの胸元を押し上げる大きなふくらみを見てしまい、慌てて目をそらすのだった。

3

旅館に着いてシャワーを借りた後、旅館のバスタオルで身体を隠すようにしながらユニットバスを出ると、志乃がお茶を入れてくれていた。

「す、すみません、ホントに。服が乾いたら、すぐに帰りますから」

バスタオルを股間に巻いただけの格好で、座卓テーブルの前にちょこんと座る。

「いいのよ。ウフフ。言ったでしょ、のんびりした一人旅なんだから」

志乃が柔和な笑みを見せてきた。

その表情は、優しげないいお母さんという感じだが、やはり気品があってセレブな奥様なので緊張してしまう。

後頭部で結わえた髪、和装の似合いそうな落ち着いた雰囲気、二重瞼の大きな目はちょっとタレ目がちで、ふっくらした濡れた唇が色っぽい。

（おばさんじゃないよなあ……こんなにキレイな四十歳は見たことないよ）

正直、二十七歳の純平にとって、四十歳は恋愛対象ではなかった。

しかし、女優みたいな美しい熟女をこうして目の前にすると、四十歳も全然ありなんだと思う。

着ているのは白いブラウスと、グレーのフレアスカートというシンプルなものなのだが、清楚でありつつも、匂い立つような未亡人の色香がムンと漂う。

可愛らしいママを脱がせてみたら、意外にエッチな身体をしていた……そんな妄想をしてしまう。

そんなときに、ドアがコンコンと鳴った。

「はあい」

彼女が返事をして立ち上がり、玄関の方に歩いていく。

後ろ姿がこれまた、なんともエロかった。

肩から腰のくびれにかけてのラインはほっそりしている。それなのにフレアスカート越しの双尻は、生地を破かんばかりの迫力だ。

歩くごとに、むちっ、むちっ、と揺れ動く尻の丸みが震いつきたくなるほど肉感的で、悩ましく浮かぶパンティラインも生唾ものだった。

(すごいお尻……腰は細いのに、そこから横に広がって……熟女ってエロい)

うっとりしていると、旅館の従業員の女性が重箱をふたつ運んできた。

上半身裸の純平をチラッと見たが、特に何も言わなかった。

(間男とか思われてないかな……)

志乃に迷惑がかかるなあと申し訳ない気持ちになるが、彼女は特になんとも思っていないようだ。

卓上に重箱が置かれた。箸《はし》や徳利《とっくり》にお猪口《ちょこ》もある。

「乾くまで時間がかかるから、少し早いけど夕飯を取ったの。お弁当だったらふたつ、すぐに用意できるっていうから」

「えっ！　そんな、ホントにすみません」

恐縮しっぱなしだ。しかし志乃は、

「いいのよ。実を言うと、本当は着物の着つけ教室があったんだけど、急遽中止になったから、ずっと退屈だったの」

と、屈託のない笑みを見せる。

「着物の先生なんですか」

「ええ、そうよ。キャリーバッグに入れてるの」

志乃がバッグを持ってきて、開けて見せてくれた。

色とりどりの着物や足袋《たび》が、きちんと折りたたまれて、入っていた。

(うわあ、志乃さん、着物似合うだろうなあ)

一度着物の女性とヤッてみたい夢があるが、そんな下世話な妄想は脇に置いて、せっかくだからご馳走になることにした。

弁当は、魚や肉などたくさん入って、豪華だった。

「山菜、このへんのかな？　美味しいですね」

「でしょう？　ここの旅館、毎年来てるんだけど、ご飯がすごく美味しいのよ。女将さんがもう何十年もひとりでつくっていて。家族でやってらっしゃるの」

「へえ、家族で」

お酒も勧められた。山梨の地酒だそうだ。至れり尽くせりだ。

「明日はお仕事なの？」

「いえ、休みですけど」

「だったら、ここに泊まっていったら？」

「えっ！」

驚いてしまうも、さすがに別の部屋のことで、志乃が旅館の人に尋ねてみたら部屋は空いているからＯＫだと言われた。

泊まりになったと思ったら、気が緩んできた。

夕食を終えると、旅館の人が重箱を下げてくれた。

なんとなく、そのままふたりで飲むことにする。酔って少し緊張もほぐれてきたので志乃のことが聞きたくなった。

「あの……毎年来られてるってことは、いい温泉なんですね」

亡くなった旦那には触れないように、さりげなく訊いたつもりだった。

だが彼女は一点を見つめて、寂しそうな顔をした。

「ええ。亡くなった主人が好きだったのよ。人里離れた山奥のこの温泉がね。どんな立派な旅館よりも、こうした素朴な場所が好きだって。主人は私よりふたまわりも年上だったから、いろいろ教えてくれたのよ」

藪蛇《やぶへび》だった。ちょっとしんみりした。

「すみません、そうだったんですね」

「いいのよ。もう亡くなって三年も経つんですから。いい思い出よ」

そう言って、志乃はお猪口に口をつけてから、遠くを見て、キュッと唇を引き結んだ。

その仕草が、まだ旦那さんを愛してるんだなと思わせた。

（いいな、亡くなっても三年も思われるなんて……）

結婚するなら、こういう風になりたいとしみじみ思う。

「ところで、あなたはどうして崖から落ちてきたのかしら。もしかして覗いてたの？」

胸の内を話して少し悲しみが和《やわ》らいだのか、志乃がからかうように訊いてきた。

「ち、違いますっ」

慌てて言うと、志乃は楽しそうに微笑んだ。

「わかってるわよ、こんなおばさんなんか覗かないでしょう」

どうもこの人は自分の魅力をわかってない。

「道に迷ったんです。混浴できる温泉を探していて……」

ハッとした。志乃がちょっと眉をひそめる。

「混浴が目的？」

「い、いや違うんです！　その……」

口を滑らせてしまった。もうこうなったら、ちゃんと説明するしかない。

そう思って丁寧に事情を話したら、志乃はクスクスと笑った。

「占いでカノジョ探し？　ホントに？」

「ホントです。ホントに女性にはモテなくて、付き合った女性も今までひとりだけだし……混浴目的はよくないと思いましたけど、でもカノジョが欲しくて」

とにかく懸命に言い訳したら、彼女は慈愛に満ちた目を向けてきた。

「そうなの？　モテそうなのに……」

純平は、ぶんぶんと顔を振った。

「全然です。女性のことなんか全然わかんなくて……」

「ウフフ、じゃあ寂しい者同士なのね」

そう言って、志乃が徳利を差し出してくる。

お猪口で地酒をついでもらっていたときに、色っぽい目つきをされた。

タレ目がちな優しい双眸が潤みきっていた。

ぞくぞくするほど凄艶な表情だ。

思わず見とれて、お猪口を落としてしまった。

「あらあら。純平くんは、やっぱりおっちょこちょいさんなのね」

酔ったのだろう、志乃の口調がくだけてきている。それに「純平くん」と親しそうに名前で呼ばれたのがうれしかった。

彼女はおしぼりを持ってきて、腰のところを拭いてくれた。

「だ、大丈夫です。腰のタオルが濡れただけですし……すみません、志乃さん」

こちらも思いきって名前で呼んでみる。

しゃがんで、おしぼりで太ももを拭いていてくれた志乃が、名を呼ばれて見あげてくる。

ドギマギした。

湯上がりのいい匂いに、酔った雰囲気。

四十歳の熟女は未亡人で、しかも亡くなった旦那の未練を断ち切ろうとしている。

「ウフフ。なんだか世話を焼きたくなる子ね」

股間の部分を拭く手を止めて、志乃が妖艶に笑う。

近い。もうほとんど身体が密着している。

甘い匂いがするし、酔ったのか、ブラウスの襟ぐりから見えるデコルテから首筋にかけてほんのりと朱に染まっているのもセクシーだった。

横座りしていて、スカートがまくれている。

膝がわずかに開いていたので、ムッチリした太ももの内側がのぞいている。

熟女の生太ももはボリュームがあって肉感的だ。

(あ、あれ?)

志乃がさらに膝を開いたので、時が止まった。

(う、うわっ……パンティ……)

不自然に足を開いたから、ベージュのデルタゾーンが見えていた。地味で飾り気のないベージュのパンティは、普段使いで生活感があって逆にいやらしい。

(な、なんで足を開いてるんだ?)

と、志乃の顔を見れば、目の下をねっとり赤くして恥じらっている。

そして……。

「ねえ……ホントにあまり経験ないのよね」

「えっ、ええ」

このところ女性運は急上昇だが、トータルではきっと経験は少ない、と思う。

だから間違いではないなとうなずいた。

彼女は何か言いたそうだが、うつむいて、恥ずかしげにもじもじと身をよじり始めた。

そして逡巡したあとに、そっと身を寄せてきて見つめてくる。

「……私が、その……純平くんの練習台になれないかしら。つまり、その……私の身体を使って、女性のこと教えてあげられたら……」

「は？　えええっ……！」

志乃がため息をこぼして、うつむいた。

恥ずかしそうにしている美熟女は、四十歳とは思えぬほどに可愛らしくて、見ているだけで心臓がバクバクした。

「こんなおばさんで、申し訳ないけど……でも……純平くん、私で、いやじゃないのよね？」

ちらりと純平の股間を見て、志乃が顔を赤くする。

見れば腰に巻いたタオルがはだけていて、勃起が見えていた。

「アッ……」

慌てて手で隠すも、遅かった。

恥ずかしいが、これほどの美しい人に迫られたらこうなると思う。ほとんど抱き合うようにしているのに加えて、パンティが見えているのだから。

「す、すみません……」

「いいのよ。むしろ、私で興奮してくれるのがうれしいのよ。私みたいなおばさんを若い子が……」

すっと肩に頭を寄せてくる。

甘い匂いがムンと強くなって、鼻腔をくすぐる。

「おばさんなんて……志乃さんはすごくキレイですっ」

至近距離で見つめ合う。

彼女が潤んだ瞳を細めてきた。

「うれしいわ……私ね、もう男の人とずいぶんしていないのよ……臆病になっていたの。でも、それじゃいけないと思って……」

「そう思います。こ、こんなに魅力的なんだから、もったいないですよ」

本気で言うと、美熟女はまるで少女のようにはにかんだ。

そして、消え入りそうな声で言う。

「ねえ、純平くん……今夜だけ……私、あなたのものになってあげるから。たくさん女のことを教えてあげるから、だから……忘れさせて。あの人のこと」

タレ目がちの優しい雰囲気の可愛い美熟女が、本気の目で迫ってきていた。

4

「好きにしていいのよ、私のこと……」

甘ったるい声で、ささやかれた。

布団の上で、癒やし系の美女の熟れきった身体を抱きしめていると、どうにかなってしまいそうだった。

「は、裸を……見たいです。志乃さんの生まれたままの姿を……」

ストレートに言うと、志乃は「えっ」という顔をした。

「私が自分で脱ぐの？　恥ずかしいわ、体型も崩れてきているのに」

「そ、そんなことありません。み、見たいんですっ」

色っぽい熟女が、自分の前で恥ずかしそうに服を脱ぐところを、じっくりと見たかった。

(なんか俺、だんだん大胆になってきてるよな)

これも慣れだろうか。

志乃はうつむいて、どうしようかと逡巡している。

「す、好きにしていいと言いましたよね」

煽《あお》ると、志乃は拗ねたような顔をした。

(マジで可愛いな……)

自分よりふたまわりも年上なのに、少女のような恥じらい方だ。

「いいわ……あなたのものになるって、言ったものね……」

すっと立ち上がると、志乃は顔を真っ赤にしてうつむきながら、ブラウスのボタンを外していく。

(こんなキレイな熟女が、目の前でストリップなんて……目に焼きつけよう)

志乃はスカートからブラウスの裾を引っ張り出し、さらに四つ、五つとボタンを外していく。

ベージュのブラジャーがチラッと見えた。

恥じらいながら、男の前で裸をさらそうとしている熟女は、耳まで真っ赤に染まっている。

相当恥ずかしいのだろう。そして、それが純平の興奮をさらに煽る。

いよいよブラウスの前が割られた。

巨乳を包むベージュのフルカップブラジャーは、パンティと同じように、ひかえめな刺繍《ししゅう》があるだけの実用的なものだった。

志乃はハアッと、色っぽく息をついてから、ブラウスを脱いでフレアスカートに手をかける。

そうして横目で純平を見てから、

「ううっ……」

志乃は悲痛な呻きをこぼしながら腰のホックに手をやり、呼吸を乱しながら中腰になってスカートを落とす。

（おおうっ）

思った以上に下半身はムッチリとしていた。

小さなベージュのパンティでは隠しきれないほどのボリュームだ。

志乃は両手で胸と股間を隠しつつ、「これだけではだめ？」というように、純平をすがるような目で見入ってきた。

もっと見たい。純平が見ていると、その意志を感じ取ったようで、

「ああん……」

と、せつなそうに声を漏らしてから、背中に両手を持っていく。

ブラジャーが緩み、それを腕から抜き取っていくと、真っ白い乳房がこぼれるように露出した。

四十路《よそじ》の美熟女のおっぱいは、いやらしすぎた。

少し垂れ気味ではあるものの下側が充実したふくらみをつくって、しっかりと張りがある。

くすんだ色の乳輪は大きかった。

だがそれこそが熟女のおっぱいらしくて、実にいやらしい。

そして最後の一枚だ。

パンティを脱ぐのはさすがにためらいがあるようだった。だが、やがて諦めて両手でパンティをつかみ、丸めるようにしながら爪先から抜いて全裸になった。

(な、なんてエッチな身体をしてるんだ……)

恥ずかしそうにもじもじしている熟女を、じっくり眺めた。

肩にも背中にも、柔らかそうな脂肪が乗って、四十歳の熟れに熟れたムッチリした

ボディラインをつくっている。

太ももや腰もたっぷりしているが、圧巻はそのヒップとバストだ。

(大きいっ……おっぱいもお尻も……ムチムチして肉感的で……)

これが熟女といわんばかりの完熟ヌードだった。

「恥ずかしいわ……そんなにじっくり見ないで」

志乃は緊張した面持ちで、白い裸体の胸や股間を隠しながら、布団の上で仰向けになる。

大きなバストがわずかに左右に広がる。

つきたての餅みたいに軟らかそうなおっぱいに、手を伸ばしていく。

手のひらを広げてもまったくつかめない大きさながら、おずおずと指に力を入れると、乳肉がひしゃげて、いびつに形を変えていく。

(や、やわらけーッ)

「いいのよ、もっと好きにして」

母親のように優しく言われ、純平はさらに強く揉み込んだ。

「あんっ……んっ」

志乃がクンッと顎を上げ、口元を手の甲で覆う。

色っぽい仕草だった。

若い女性には出せないような、悩ましい表情だ。

四十路の未亡人というのは、これほどまでに魅力的だったのかと感嘆しながら、大きめの乳首に指が触れれば、

「あん……」

しどけない声を漏らした志乃が、またビクッと震える。目を細め、つらそうにしている顔からは、むせ返るような濃厚な色香を感じられる。

(た、たまらない……志乃さん、こんないやらしい顔をするんだ)

純平はますます夢中になって、大きな乳房を下からすくってみたり、強く握ったりする。

「ンフっ、おっぱい好きなのね、可愛いわ」

頭を撫でられた。

うっとりした気持ちになり、純平は甘えるように志乃の乳房に顔を寄せて、薄茶色の乳首を口に含んで吸い上げた。

「ぁあああん……」

志乃が、気持ちよさそうな喘ぎを見せる。

（乳首が硬くなってきて……感じてるぞっ）

経験豊かな美熟女を悶えさせている。

純平は自信を持って乳頭部を舌でなぞったり、小刻みに振動させてみたりした。

すると、

「んッ……んッ……」

志乃は口元に手を当てて、必死にこらえた表情を見せている。あまり喘いでいるのを見られたくないのだろう。

だが、感じまいとする表情もそそる。さらに舐めると、

「ん、あっ……あっ……ああ……だめっ……ああん、上手よ、すごく……」

声がさらに高いものになってきて、表情が今にも泣き出しそうな切実なものに変わってきた。

「ああん、やっぱり裸は恥ずかしいわ……あなたも脱いで」

そう言われた純平は脱ぎながら、そうだ、とひらめいた。

「裸は恥ずかしいんですよね」

興奮気味に言うと、志乃が、

「何かまた私に、恥ずかしことさせようとしてない？」

と、目を細めて見つめてきた。

5

「やん、もう……こんな格好……この年で恥ずかしいわ……長襦袢《じゅばん》っていうのは、人には見せないものなのよ」

布団の上でピンクの長襦袢だけを身につけた志乃が、真っ赤な顔をして純平の言いつけ通りに恥ずかしい四つん這いになった。

淡いピンクの襦袢と白い足袋《たび》だけを身につけた熟女は、素っ裸よりもよりエロく見える。

(やっぱり和服が似合うな……すげえ、浴衣とはまた違ったセクシーさだ)

薄くて、ちょっと透け感のある襦袢は、熟女の柔らかそうな身体のラインが浮き立って見えて、めちゃくちゃそそる。

「いやだわ、そんなに見ないで」

四つん這いになった志乃が肩越しにこちらを向いて、ため息をこぼす。

「み、見ますよ……たまりません、志乃さんの長襦袢姿……」

突き出されている襦袢越しのヒップに、純平は目を見張った。

薄い長襦袢越しの尻の丸みがなんともエロティックだ。視界からはみ出さんばかりの巨尻が目の前で揺れると、男根が臍《へそ》につくほど元気になる。

ちなみにこちらも全裸だ。志乃が肩越しにチラッと勃起を見て、目をそらした。

「ああん、この格好がそんなに興奮するの？」

「しますよ……すげえエッチだ……」

「もう……」

拗ねたような志乃の顔が、なんとも愛らしかった。

せっかく着物を持っているならとダメ元で頼んでみたのだが、さすがに着つけに時間がかかるからと断られた。

だが諦めずに頼み込むと、長襦袢だけならと、こうして艶《なま》めかしい姿になってくれたのだった。

「こういう和服っていうか、和装の女性とエッチするの、夢だったんですっ」

熱く言うと、志乃はクスッと可愛らしく笑った。

「夢だったの？　いいわ……もう着ちゃったし……私みたいなおばさんでよければ、あなたの夢を叶《かな》えてあげる」

言うと、志乃は前に倒れて状態を低くして、臀部だけを持ち上げた女豹のような格好をしてくれた。

「うはっ」

なんという光景か。

(和装の美熟女が、お尻を突き出しておねだりなんて……もうたまらないよっ)

純平は夢中で、長襦袢の裾をはしょるようにして腰までまくった。

露《あら》わになった尻は白くなめらかで、両手で抱えきれないくらいのおっきなお尻だった。

震える手で、志乃の太ももから尻を揉んでいく。

若い女の張りつめた肉とはまるで違う、とろけるような揉み心地だ。

「ああんっ……ううんっ……」

ねちっこく尻を愛撫すると、長襦袢の熟女が悶え始めた。もっといろいろしてみたい。純平は志乃の腰をつかみ、そのまま顔を桃割れに近づけていく。

「ああんっ……えっ！　だめっ……そこはだめっ……」

志乃が肩越しに狼狽《うろた》えた顔を見せてくる。

どうやらクンニは恥ずかしいらしい。

「な、舐めさせてくださいっ……好きなようにしてもって……」

純平が哀願する。

志乃は「ああ……」とせつなげな声を漏らした。

「舐めたいのね……でも、いやにならないでね……」

志乃が四つん這いのお尻を向けながら、色っぽく眺めてきた。

「待って……じゃあ、私にも舐めさせて……そういう行為があるの、わかる？」

純平はぶんぶんとうなずいた。

（シックスナイン！　さすが熟女だ……）

お互いを舐め合いっこするなんて、初めてだ。

緊張していると、

「そこに仰向けで寝て」

と、指示された。

（ど、どうやるんだろ……）

純平は言われたとおりに布団の上で仰向けになると、志乃が大胆にこちらに尻を向けて跨がってきた。

（うわっ！　すごいっ）

長襦袢の裾を腰までめくり、下半身丸出しという恥ずかしい格好で、白足袋を履いた足が顔の両側に置かれた。

目の前は息もつまるほどの、ムッチリした尻たぶだ。その尻の下部にアーモンドピンクの花びらがあって、あふれ出た蜜がしたたる亀裂が見えた。

ワレ目の中は、幾重にも咲くピンクの媚肉がみっちりとひしめき、甘い性臭をプンと匂わせている。

(これが熟女のおまんこ……匂いも形もエロすぎるっ……)

小陰唇のビラビラがくすんだ色をしている。

だがそんな加齢を帯びたおまんこも、実にエロい。純平は瞬きも忘れ、ハアハアと熱っぽく見入ってしまう。

「あんっ……そんなに息を荒くして……」

荒ぶる息を敏感な部分に感じたのだろう。

志乃は尻を震わせつつ、上に乗ったまま純平の勃起を握りしめてきた。

「えっ……あっ……くぅぅっ……!」

握られただけじゃない。

いきなり生温かな口腔が包み込んできた。

（う、うわっ……志乃さんが上に乗って……シックスナインでいきなり咥え込んできた……！）

さらに亀頭にチュッ、チュッとキスされたと思ったら、亀頭冠や裏筋という、男の敏感な部分を的確に舌で刺激してくるからたまらない。

（あの淑《しと》やかな熟女が、こんなスケベな舌使いでチンポを舐めるなんて……）

直前までは少女のように恥じらっていた。

だが……いったん箍《たが》が外れると、熟女というのはとことんいやらしくなるようだった。

志乃は純平の上に乗ったまま、尻を、くなっ、くなっ、といやらしく振りながら、慣れたように肉竿を舌や唇であやしてくる。

「し、志乃さん……ううううっ！」

シックスナインだから、咥えている部分はこちらからよく見えない。

しかし根元まで、ずっぽりと深く咥えられた感覚があり、あまりの気持ちよさに純平は唇を嚙みしめて腰を浮かせてしまう。

（な、なんだこりゃ……は、激しすぎるっ……）

あのひかえめな和風美人が、男の性器を物欲しそうにしゃぶりまくっていると思うだけで、おかしくなりそうだ。

なんとかして見たいと、首を伸ばして尻の横から見れば、あのタレ目がちな優しい目はとろんとして、勃起を咥えて淫靡に顔を打ち振っていた。

「くうう……き、気持ちいいっ……」

のけぞって、うわごとのように言えば、志乃が勃起を口から離して、肩越しに向いてきて、

「ウフフ。おいしいわ……」

と、過激なことを言いながら目を細めて見つめてくる。

ゾクッとするような、いやらしい目つきだった。

貞淑《ていしゅく》な未亡人の乱れっぷりに、もう純平は息も絶え絶えだ。

(ま、まずいよっ……)

このままだとなすすべなく射精してしまう。

一方的に責められたくないと、純平は志乃の豊かな尻の間に顔を埋め、匂い立つ薄桃色の粘膜に、ねろり、ねろり、と舌を這わせていく。

「ぁあああん……!」

志乃が上に乗ったまま、あらぬ声を上げた。

さらに花びらを口に含んで、しゃぶりまわせば、新鮮な花蜜があとからあとからあふれてきて、口のまわりが蜜でべとべとになっていく。

「ああっ……だめっ……ああんっ……」

志乃はシックスナインの体勢のまま、勃起を握ってハアハアと息を弾ませている。声音が次第に艶を増し、発情を隠しきれなくなっていく。

(感じてるぞ……ああ、熟女のおまんこ……美味しい……)

酸っぱいような、舌先がピリッとする味である。

しかし、いつまでも舐めていたいと思わせる熟女の味わいに、ますます昂ぶっていき、尻たぶを手で押し広げて、セピア色のアヌスまで、べろべろと舌を走らせてしまう。

「あああっ！　き、汚いわっ……そんなところ……」

長襦袢の志乃が、耳まで真っ赤にして振り向いてイヤイヤする。

四十路の熟女も、お尻の穴を舐められるのはつらいらしい。

「汚くなんてありません。志乃さんのすべてが欲しいっ……もっと乱れて、旦那さんを忘れてください」

生意気なことを言いつつも、排泄の穴を舐め回していると、

「だめっ……あっ……あっ……」

と、抗う声が次第に色っぽいものに変わっていく。

さすが経験豊富な元人妻だ。

お尻の穴を舐められて、いやがりつつも感じている。

(ようし、もっと感じさせてやる)

純平は志乃の尻割れから会陰《えいん》までを、唾でぐっしょりになるほど舐め尽くし、さらに小ぶりのクリトリスにまで舌を届かせる。

すると、志乃はさかんに勃起をしごきながら、

「んっ、んんっ……あっ、あっ……ああんっ……」

と、喘いで、ヒップをぶるぶると震わせ始めた。

(腰が動いてきたぞ……でも、舐めるの疲れた……)

こちらが舌を動かすのに疲れて少し休めば、志乃は思い出したように頬張って、顔を前後にストロークさせてくる。

「んっ……んふうっ……」

志乃の荒い息がかかり、勃起はもう志乃に咥えられてぬるぬるだ。

それでも射精を必死にガマンして、今度はこっちの番だとぱかりに、クリトリスを

舌で弾き、さらには膣穴に舌先をねじ込み、ぬぷっ、ぬぷっ、と出し入れすれば、

「あああっ……だめっ……純平くんっ……それだめっ……ああん、恥ずかしいの……だめっ……」

と、もう咥えられなくなったのか、ヨガりまくって、いよいよ「もっと舐めて」とばかりに尻を淫らに、くなくなとくねらせて押しつけてくる。

(いいぞ、よし、志乃さんをイカせるんだ)

集中して、もっと膣奥まで舌を差し入れる。

「ひ、ひいい……ああんっ……じ、上手よ、そこ、感じるっ……」

磯の香りが強くなり、少し穴が柔らかくなってきた。

「ああっ……ああん……だめっ……はしたないのに……私ったら……」

恥じらう言葉を吐きつつも、志乃の白足袋の足がキュッと丸まってきた。

長襦袢の熟女は上に乗ったまま純平にしがみついて、びくんっ、びくん、と痙攣している。

ついには、もうこらえきれなくなったのだろう、

「ねえっ……ねえっ……」

と、尻を振りつつ、ギュッと屹立をつかんできて、

「お願い……もう……して……」

と、純平の身体から降りてきて、長襦袢の細帯をほどいていくのだった。

6

志乃が白足袋を履いただけの、一糸まとわぬ裸体になる。

ムッチリと成熟した裸体だ。

あれほど裸をさらすのを、恥ずかしがっていたはずなのに……それほどまでに欲しくてしょうがないのだろう。

続いて、志乃は結わえていた髪をほどいた。

頭を振ると、艶やかな黒髪がほどけて、一気にストレートヘアが肩から胸にかけてしだれ落ちる。

ロングの黒髪の志乃もまた、魅惑的だ。

ドキドキしながら、布団の上で仰向けになった志乃に近づく。

「ウフフ……練習台になるなんていって、私の方が欲しがっちゃった」

志乃は茶目っ気たっぷりに、ぺろりと舌を出した。

ドキッとするほど愛らしい仕草だが、同時に緊張しているのだとわかった。久しぶりなのだろう。

「志乃さん、僕はセックスうまくないと思うけど、でも……志乃さん、僕のことだけ考えてください」

志乃は強張った笑みをふっと緩ませて、真顔で凝視してくる。

「……ありがとう……あの人のこと、吹っ切るから……いいわ、来て……あなたのものにして……」

志乃はわずかに、ためらうような顔をした。

旦那をよほど愛していたのだろう。

亡くなってもまだ操《みさお》を捧げようとする、名家の未亡人。

そんな彼女を、今から抱くのだ。わずかに罪悪感があるものの、未亡人から旦那を忘れさせるという使命に燃えた。

勃起の根元を持ち、志乃の白足袋を履いた両足を広げさせて、正常位でゆっくりと熟れきった姫口に向かう。

「ンンッ」

軽く切っ先を押し当てただけで、熟女の身体がビクッとした。

やはり久しぶりらしい。

不安や、亡き夫への裏切りを感じているのかもしれない。

眉をひそめて、つらそうに眉間に縦ジワを刻む泣き顔が可愛い。

やはりこの人は、どんなときも可愛らしい。

「い、入れますよ」

言うと、彼女は小さくうなずいた。

思い切って亀頭部をとば口に押し込むと、濡れた入り口を押し広げる感覚があり、一気に嵌《は》まり込んでいく。

「あ、あンッ」

志乃がクンッと、大きく顔を跳ね上げた。

白足袋を履いた親指が、布団の上でそりかえっている。

のけぞった瓜実顔《うりざね》から、長い黒髪がはらりとしだれ落ち、大きな乳房を隠すように広がっていた。

「くうう……うっ、キツ……」

膣内の締めつけがすごい。

おそらく志乃が緊張して閉ざしているのだ。

もっといけないかとグッと腰を入れる。

するとぬかるみをズブズブと穿って、ようやく奥まで嵌まった。

「あっ！　あああっ……」

志乃が甲高い声を出して、身をよじる。

大きなおっぱいが目の前で揺れ弾んでいる。前傾して、その乳房にむしゃぶりつきながら、ぐいぐいと腰を突き入れると、

「ああん、いい、いいわ……」

志乃が喘いで、早くも自ら陰部をこすりつけてきた。

（このぐいぐい押しつけてくる動き……エッチだ……）

興奮し、汗まみれになって肩で息をしながら、ますます激しく突き入れる。

「ああ……わ、私の中、純平くんでいっぱいになってるわ……ああんっ、奥まで……気持ちいいっ」

志乃がのけぞりながら、目を細める。

眉をハの字にしてむせび泣く熟女がいやらしすぎる。

より一層、突き入れた。もうふたりとも汗まみれだ。

そして淫靡なセックスの匂いも強くなり、さらに興奮が増していく。

前傾してキスしながらおっぱいを揉みしだき、同時に奥をえぐる。

ぬぷっ、ずちゅっ……。

激しくピストンをすれば、濡れきった膣奥からは愛液があふれ、淫靡な水音が強くなっていく。

「あっ！　ああっ、ああっ……そんな……だめっ……ああんッ！　わ、私……」

志乃がキスをほどき、不安げな目で見つめてきた。

「き、気持ちいいですか？」

訊くと、志乃は口元を手で隠して、

「だめっ……私、恥ずかしいわ……やんっ……だめぇっ」

シーツを鷲づかみにし、背を弓のように大きくそらしながら、真っ赤な顔でイヤイヤした。

「……イ、イク……」

小さくつぶやいたと思ったら、志乃は身体を強張らせて痙攣した。

膣がギュッとペニスを食い締めてくる。

強烈な締めつけに、純平も一気に追いつめられていく。

「ああ……だ、だめだ……僕も……」

まずいと思って抜こうとすると、彼女が目を細めてきた。

「ああん……い、いいのよ……ちょうだい……私の中……心配しないで、私は大丈夫だし……年齢も年齢だから……いいのよっ」

許されたことで、気持ちが一気に傾く。

快楽だけをひたすら求める。

そして、最奥まで突き入れたときだった。

「うっ……ああっ……」

全身が痺れるような快楽に包まれ、放出の気持ちよさに脚がガクガクと震えた。

熱い精液が噴き出して、志乃の体内を満たしていく。

「あンッ……すごい。熱いのが、たくさん……」

志乃はビクンビクンと震えながらも、下から両手を差し出してきて、純平の裸体をギュッと抱きしめた。

（き、気持ちいい……ッ）

まるで母親に抱かれているような、至福の射精だ。

（熟女ってすごい）

感動しながら精を放つ。

やがて出し終えると、志乃が真っ直ぐに見つめてきて、また頭を撫でてくれた。

「よかったわ……すごく……純平くん、いい人を見つけてね」

まるで憑《つ》き物が落ちたような、晴れ晴れしい顔で志乃が言う。

「は、はい」

「私の夫は、私が高校生のときの先生だったのよ。高校生のときに、まさかこの人と一緒になると思わなかったわ。運命の人って、意外と近くにいるかも知れないのよ」

そう言われて、つい美月のことを考えてしまった。

慌ててその気持ちをすぐに打ち消すも、志乃の言葉は妙に心の奥に引っかかるのだった。

第五章　すきにして欲しいの

1

晩春から初夏への移ろいか、日差しが眩《まぶ》しくなってきている。
《運命の人って、意外と近くにいるかも知れないのよ》
志乃の言葉がまた、頭をよぎる。
どうしても、美月のことを考えてしまうのが、しゃくだった。
(あんなビッチ……絶対に好きになんかなれん)
そう思いつつ、先日、美月の流したあの涙はなんだったんだろうと考える。
《おまえの身体目当ての、あんな男たちと一緒にすんな！》
言いすぎだったかなあ。

泣いてたよなあ。

あまり顔を合わせたくないので、母親から頼まれたさつまいもを渋谷のおばさんに手渡して、さっさと帰ろうと思ったのだが……。

渋谷家のインターフォンを鳴らしても、誰も出てこない。

玄関のドアに手をかけると、いつも通りにするっと開いた。

「おおーい」

玄関先で声をかけたが、やはり誰も出てこない。

(まさかまた、美月が男を引っ張り込んでないよな)

今度もその場面に遭遇しても、声をかけずにスルーしようと上がり込んだ。

すると、である。

「なあ、美月っ……ヤラせろよって」

「うっさいなあ。さっきから言ってんだろ。気分じゃないっつーの」

いつもどおりというか……リビングから男女の下世話な声が聞こえてきて、ガクッとした。

(ホントにあいつは……せめてリビングではヤルなよなあ……)

さつまいもだけ置いて帰ろうとしたときだった。

「あ、そうか。今日はレイプっぽいのを、して欲しいってわけだな」

「勝手に決めんなっ。まったく……あんたは、ヤルことしか頭にないのかよ！」

漏れ聞こえてくる声は、イチャイチャというより殺気立っている。

今日はなんだか不穏な感じだなあ。

早々に退散しようとすると、

「触んなっ！　もう、帰ってよ！」

美月の鋭い声が響いた。

「……んだよぉ……ちょっと可愛い顔してっからって、調子にのんなよ。てめえは股開いてりゃいいんだよ、ヤリマンちゃん。顔と身体以外、てめえのどこに魅力があんだよ」

男の言葉にカッとした。

いくらなんでもひどすぎる。

「い、いるに決まってるだろ。あたしのこと、身体目当てじゃないヤツだって、ちゃんといるんだよ。あたしにはあたしの魅力があるって言うヤツが」

あれ？

（それ、俺が言った台詞《せりふ》じゃないか？）

なんだ、ちゃんと聞いていたのか、とくすぐったい気持ちになる。

さらに聞き耳を立てていると、男がケラケラと笑った。

「どこにいんだよ。ヤリまくりのおめーを、ちゃんと好きになるヤツなんかよお。あー、ムカついた。今日、中出し確定な」

「は？　ばかじゃないの？　誰が中出しなんかさせるかよ。というか、もうあんたとは二度としないから。早く帰ってってば、キャッ！」

ガタンと音がしたと思ったら、

「んーっ！　んーっ！」

と、くぐもった声が漏れてきた。

「てめーはさ、『はい』と『チンポください』だけ言ってりゃいいんだよ。へへっ、やっぱ生だよなあ。てめーは生だけは絶対にヤラせねえから、いつかヤッてやろうと思ってたんだよ。たっぷり出してやっからな」

興奮気味に男が言ったのがドア越しに耳に届く。

「美月！」

慌ててドアを乱暴に開ける。

男が美月の口を塞いで挿入しようとしていた。

この前の男だ。

男は振り向いて「ちっ」と舌打ちする。

「まーた、てめえか。美月のストーカーかよ。てめえはそこでおとなしくチンポおっ立てて、美月が中出しでヨガるのでも眺めてな」

チャラ男は油断していた。

というのも純平は背が低くて華奢だ。童顔でとても喧嘩が強そうに見えない。向かってきても余裕で勝てると思ったのだろう。

(そうはいくかっ)

子どもの頃……小さな美月を守ってやったのは、自分である。泣き虫だった美月をいじめっ子から守ったのだった。

「美月に触るな！」

気がつくと、男の背後から股間を蹴り飛ばしていた。

「いって……て、てめえ」

男が股間を押さえてよろめいたときに、美月も男の股間を蹴り上げた。

「帰れって言ってんだよ！」

Tシャツがめくれて、おっぱいがぽろんと出た格好で、美月は腕組みして男を睨みつけている。

男は股間を押さえながら、

「けっ、あほくさ」

と、ズボンを穿き直しながら出ていくのだった。

「あー、びっくりした」

美月がへなへなとしゃがみ込んだ。

「おまえな……だから油断するなって……！」

とっさに手を挙げていた。

美月は殴られると思ったらしく、目をつむって身を縮こまらせている。

純平は手を下ろして、ハアッ、と大きなため息をついた。

「これからは、気をつけろよな」

純平はソファに腰を下ろす。

気が張っていたので、めちゃくちゃ疲れた。ソファに深く座ると、おっぱいを出したまま美月が覗き込んできた。

「……ねえ、怒んないの？」

「怒って欲しいのかよ」

美月はちょっとはにかんでから、軽くキスしてきた。

「なっ……！」

驚いた。美月にキスされたのだ。

あの、ずっと純平を《ウザい。ださい》と毛嫌いしていた美月が、である。

「ど、どういう風の吹き回しだよ」

照れて、憎まれ口を叩いてしまう。美月が恥ずかしそうに、そっぽを向きながら言う。

「だって……まあ、助けてくれたしさ……心配してくれたの、うれしかったっていうか……」

そう言って、真顔で見つめてくるのでドキッとしてしまう。

（な、な……なんだよ、可愛いじゃないか……っ）

きっとからかっているんだと思いつつ、ついつい舐めるように美月の身体を見てしまう。

肌は雪のように真っ白くて、腰が両手でつかめそうなほど細い。

Ｆカップのおっぱいは薄ピンクの乳頭部がツンと上向いた美乳だ。

プリーツの入ったミニスカートから伸びる白い太ももが、ムッチリしている。改めて見てもすごい身体だ。

「あっ、またいやらしい目で見てる」

「見てねえよ」

慌てて目をそらすと、美月は純平の右手を取って自分の乳房に導いた。

「お、おい……」

「見てよ、あたしのこと……いやらしい目でさ」

右手の下に、美月の乳房がある。

ドキドキして、顔が熱くなっていくのを止められない。

「ばか、やめろって……俺は、そういう適当なことはしないから……」

「適当じゃないつーの。いいじゃん、純平とひとつになりたいんだからさ。あたしさあ、この前、純平に怒られてから誰ともシテないからね」

潤んだ瞳が近づいてくる。

可愛い。

マジで可愛い。

憎まれ口も、生意気なところも、声も、顔も、匂いも……。

妹と思っていた。

だけど正直なところ、思春期の頃から好きになっていた。

必死に拒もうとしてたけど……やはりダメだ。

興奮に息を荒げながら、ソファに美月を押し倒して胸を揉んだ。

「あっ……純平、やらしい揉み方っ。童貞っぽい」

「うっ、うっさいな……違うって言ってるだろ」

少しは愛撫できるようになったと思ったが、相手が美月だとなんだかうまくいかなかった。

(しかし、すげえおっぱいだな)

大きいのはわかるのだが、張りと弾力がすさまじかった。指先を乳肉に食い込ませても余裕で指を押し返してくる。

「きゃはは、もう勃起してやんの」

美月がめざとくふくらみを見つけて、ズボン越しに撫でてくる。

「くぅ……」

こっちも負けじと、指先で乳首をつまみ上げると、

「やんっ」

美月は甲高い声で叫んで、身体をよじる。

その感じ方がとても可愛らしかったので、もっといじると、

「あっ……あっ……やん……」

と、美月は甘ったるい声を漏らして、うるうるした目で凝視してくる。

「感じてるじゃんか」

ちょっとからかうと、美月は張り合うように股間をさわさわといじってくる。

「純平だって、私のおっぱいでこんなにチンポ、ガチガチにしてるじゃん」

「うっさいっ」

ふたりでいじり合いっこしながら、イチャついてしまう。

「あはっ、やん、エッチ……」

いつの間にか、美月の息もハアハアと弾んでいる。ふたりの間に妙な空気が流れ始めているのを感じる。

(い、いいのか……ホントに美月と、このましていいのか?)

子どものときから知っている妹のような幼なじみと、このまま一線を越える……いいのか、いいのか？　葛藤するも美月の魅力に負けた。

「み、美月……」

抱きしめて、こちらからキスしようとしたときだ。

「ただいまーっ」

美月の母親の声が聞こえて、純平は慌てて美月から離れるのだった。

2

次の日の夜。

《温泉で混浴した女性と幸せになれる》

呪文のように頭の中に残っていた、占い師の言葉である。

だがしかし……。

美月とは温泉に行ったことがない。

ましてや、温泉で混浴なんてしたことがない。

(ということは、美月が相手じゃないのか？　それとも占いが外れてるのか)

部屋で悶々としていると腹が減ってきた。

(なんか食いに行くか……昼は寝ていて食ってなかったし……)

今日は父親と母親は、渋谷のおじさんおばさんと四人で箱根に出かけて行ってしまった。一泊で明日帰ってくるらしいが、その間は家でひとりだ。悠々自適である。

食事は適当に、と言われているが、ちゃんと作ったことなどないので、弁当か外食かの選択だ。

(そういえば、美月もひとりなんだな。どうしてるかなあ)

昨日のことが、ずっと頭から離れなかった。

あんなビッチ……と、思っていたのに、間違いなく女を感じて有《あ》り体《てい》に言えばときめいた。

不思議な感覚だった。

美月の方もまんざらではないようで、受け入れ体勢はできていた。

(でも、ホントにあいつとシテよかったのかなあ……)

妹に欲情している気分なのである。

靴を履いて玄関のドアを開けたら、美月が立っていてびっくりした。

「ど、どうした?」

細い肩紐で吊るタイプのキャミソールに、太ももが半ばまで見える超ミニだ。

胸の谷間や太ももに目がいくのを、慌てて自制する。

「あれ? こんな時間から、でかけるの?」

美月が訊いてきた。

（おや？　いつもより顔立ちが濃いなと思ったら、なんかばっちりとメイクしてないか？）

不思議に思いつつ、

「お、おう……飯食ってこようかと思って」

と答えると、

「ならよかった。ほらこれ」

美月がスーパーの袋を持ち上げてみせる。

「ごはんつくるからさ、ウチ来なよ」

「は？　おまえ、料理なんかできるのかよ」

「できるわよ、フツーに」

やけに自信満々で言うので、ついていくことにした。

渋谷家に着くと、

「ちょっと待ってて」

と、純平をリビングのソファに座らせて、美月はダイニングの向こうのキッチンに入っていく。

（大丈夫かよ、ホントに）

美月が料理をするなんて、見たことも聞いたこともない。

それにしてもだ。

なんでいきなりご飯をつくってくれるなんて言い出したんだろう。

不審に思いながらも、そっとキッチンを覗くと、エプロン姿の美月がシンクで野菜の皮を剝《む》いていた。

(やばっ、なんかいいな……)

ツヤツヤとした茶色のセミロングヘアの後ろ姿を目で追って、純平はドキドキしてしまう。

スレンダーで腰がほっそりしているのに、ミニスカートを盛り上げる尻の丸みが悩ましい。

(新婚って、こんな感じなのかな……)

男が裸エプロンをさせたがるのが、よくわかった。日常的なキッチンでエロい格好をさせるのは確かに欲情する。

もしもだ。

美月が裸エプロンなんかしていたら、問答無用で後ろから襲ってしまう自信がある。

と、そのとき。ふいに美月が人参を落とした。

拾い上げようと前屈みになる。

スカートが短いので、下着が見えた。赤い下着だ。

(おうう！　なんでこんな派手なの穿いてるんだよ)

お尻を隠している面積が小さく、尻肉がハミ出てしまっている。

見入っていたら、美月が視線に気づいてスカートのお尻を押さえた。

「スケべっ」

「いや、これは……」

「覗きなんかしてるなら、手伝って」

と、皮剝き器を手渡してくる。

「お、おう……」

純平はシンクの前に立ち、美月と並んでじゃがいもの皮剝きにかかる。

(なんか調子狂うなあ……)

いつもなら、下着を見てしまったら、

《きもっ！　ヘンタイ！》

と、罵詈雑言の嵐である。

それが、スケベの一言ですませるなど、やはりおかしい。

おかしいといえば、美月のメイクだ。

いつもより目をくっきりさせて、グロスリップというのか、厚ぼったい唇がラメでつやつやしている。

(それにいつもよりも、いい匂いがするんだよなあ。なんなんだ、ホントに……)

上から美月を見たときだ。

(あっ……)

わずかにキャミソールの胸元が緩んで、ピンクがはっきりと見えた。

(ち、乳首っ……見えてるって)

とたんにズボンの股間が、硬くなっていくので、シンクに下腹部を押しつけてふくらみを隠すようにする。

(しかし、無警戒だな。わざとだったりして……まさかな……)

ばっちりメイクも、セクシーな服も、エッチな下着もどうも気になる。

昼間、誰かとデートだったからかもしれない。

(それか、俺に見せるために……)

そんなわけないよな。

美月の横顔を見ていると、急にこっちを見たので心臓が跳ねた。

「何？」

「い、いや、別に」

赤くなって目をそらす。

「ね、鍋をそっちに移して」

言われて、ぐつぐつ煮立つ鍋を移そうと、取っ手を持ったときだった。

「あちっ！」

ふいに鍋に触れてしまった。

鍋を落っことすと、熱湯がバシャっと全身にかかった。

「ぬわっ、あちっ、あちっ！」

慌てて着ているTシャツを脱ぐ。

「なあにをやってるのよ！　ねえ、お風呂いって全部脱ぎなよ。あっ、そうだ。お風呂湧いてると思うから、入ったら？」

「わ、悪いなっ」

渋谷家の風呂は、子どもの頃から何度も使わせてもらっているから抵抗はなかった。

ズボンとTシャツを濡らしたまま、純平は風呂場に向かう。

3

（そういや、この家の風呂は久しぶりだなあ）

磨りガラスのドアを開けて浴室に入ると、湯気とともに懐かしい匂いが身体を押し包んできた。

風呂蓋を開けると、真っ白い湯が張られている。

（箱根温泉の入浴剤だ。懐かしいな）

渋谷のおじさんとおばさんが、とにかく温泉大好きで、この箱根の温泉の素《もと》ってやつを好んで、いつも使っていた。

この硫黄の匂いは純平も大好きで、もしかしたら自分の温泉好きもここから始まったのかもしれない。

（そういやあ、子どもの頃『温泉だ、温泉だっ』て、美月とはしゃいで、いつも一緒に入っていたよなあ）

湯船に浸かり、純平はふうと息をついた。

（あいつには、他の男とヤッてほしくなかったな……）

いつの頃からか、反発し合っていたけれど、それは美月のことを「好き」という気持ちがバレたくないからだった。

そして……フラれたくなかったから、自分で《あんなビッチは好きじゃない》と、暗示をかけていたのである。

さて、そろそろ身体を洗おうかと湯船から出て、風呂椅子に座ったときだった。

磨りガラスの向こうに、ぼんやりと人のシルエットが見えた。

（美月、だよな……何してんだ？）

驚いたのは、その行動だ。

磨りガラス越しに、いきなり服を脱ぎ始めたのが見えたのである。

（ここで着替えるのか？）

と思ったのだが、着替えるなら自分の部屋で着替えるだろう。

じゃあなんで？　と思って見ていると、磨りガラス越しに、美月が素っ裸になったのがわかった。

（お、おい……まさか、入ってくるつもりじゃ……）

そのまさかだった。

扉が開いたので、純平は慌てて股間を両手で隠し、椅子に座ったまま、くるりと美月に背を向ける。

「な、なんだよっ、入ってくるなよ」

動揺しつつ、ちらりと肩越しに背後を一瞥する。

美月がバスタオル一枚という姿で立っていた。

おっぱいや陰部はタオルで隠していて見えていないものの、肩やムッチリした太ももが露出している。

「なあによ、背中を流してあげようって思ったのに」

美月がイタズラっぽく笑って、背に手を置いた。

「あれ？　意外と大きいんだね、純平の背中って」

「俺、そんなにガタイはよくないけどな……」

ドキドキしながら答えると、ぬるぬるした手で背中を撫でられた。

「……お、おい。スポンジとかは？」

「いいじゃん。昔もこうやって、手で一生懸命洗ってあげたでしょう？」

「よく覚えてるな。ひゃっ！」

いきなりギュッと背後から抱きつかれて、純平は伸び上がった。

（タオルの感触がない！　ナマ乳だっ）

間違いない。

美月はバスタオルを剝いで、裸体にボディソープをぬりたくり、ぬるぬるした乳房や肌を純平の背にこすり合わせてきていた。

「うわっ！　おい……」

「ウフフッ。うれしいくせに」

抱擁している美月は、クスクスと笑いながら、腋《わき》の下から手を差し入れてきて肉竿に触れた。

「ま、待てっ……何して……ぬおっ」

美月のしなやかな手が、自分の勃起にいやらしくからみついている。勃起した。

「きゃはは。チンポがびくついてるじゃん。ねえ、素直に言いなよ。うれしいんでしょ？」

「だっ、誰がっ」

と、反論してもだ。

背後からボディソープでぬるぬるしたおっぱいを押しつけられ、同時に細い指で充血した肉茎をシゴかれると、ジンとした痺れが身体に宿っていく。

背に当たるFカップバストのもっちりした重みと柔らかさ。

こりっとした乳首の感触。

さらに背後から耳をかすめる、甘ったるい呼気。

あまりの心地よさに全身の毛が逆立った。

陰茎は痛いほど硬度を増す。

「なつかしーね、こうしてるの……」

甘い声で背後からささやかれた。

「は？　懐かしいって……おまえに手コキなんかされた覚えは……」

「バカじゃないの？　違うわよ。一緒にお風呂に入って、純平の背中にギュッと抱きついてたってことよ」

「あー、そっちか。確かにな。この温泉の素を入れて一緒に入ってたんだよな」

待てよ。

(この入浴剤も温泉というなら、俺は美月とずっとずっと前から、温泉で混浴してたんじゃないのか？)

変化球だが、だとすると、

《温泉で混浴した女性と幸せになれる》

という占い師の言葉は、美月のことだったのかもしれない。

「なあ、美月……もう、男を引っ張り込むなよな」

自然と出た言葉だった。

美月は勃起をシゴく手を止めた。

「……いいけど……じゃあさ……純平がずっと慰めてくれるの？」

えっ、と思って肩越しに振り向く。

「お、おまえが俺とシタいって言ってたのは、昨日、助けてやったお礼とかじゃないのか」

「何それ。違うよ。あたし、純平とシタいんだもん。ヤッてくれなきゃ、また他の男に満たしてもらうだけだし……」

「やめろってのっ。おまえ、でも俺のことキモいって」

「それはさ……なんか口惜しかったんだもん。純平、高校生のときくらいから、私のこと無視してたし……なんかもう、むしゃくしゃしてさ、それで男連れ込むことになったんだからさ」

「は？」

なんだ、そういうことか。

「それは……思春期に、男がそうなるのは必然というか……」

「何それ」

「つまりだな……中学生の美月を性的な目で見てしまうってこと」

背後で美月が「ウフフ」と含み笑いする。

「へええっ？　あたしをいやらしい目でねえ、へえぇ。じゃあ、こういうことされたらうれしいのね」

美月がまたペニスをシゴキ始める。

「うう……」

さすがに経験あるだけに、美月の手コキはうまかった。

嫉妬するものの、美月の手が気持ちよくて、それどころではない。

「気持ちいい？」

耳元でささやかれて、小さくうなずいた。

「さっきからガチガチだもんね。ラクにしてあげる」

美月はそう言うと、前にまわって風呂椅子に座る純平の足の間に入って、膝立ちしてきた。

「おっ……な、なんだよ」

真正面から、見つめられた。

フランス人形か。はたまた、北欧の美少女か。

とにかく愛くるしい。しかもスタイル抜群。

こんなのが素っ裸で上目遣いをしてきたら、あたふたするのも当然だった。

「なあに照れてるのよ」

「照れてなんか……おうわっ」

美月が、今度は前から純平に抱きついてきた。

「うおおお……！」

思わず叫んでしまった。

美月のすべすべの肌がこすれて、ぎんっと勃起した。

さらに、である。

美月は純平に抱きついたまま、身体を上下させて弾む乳房を身体にこすりつけてくる。乳首の尖りが、こっちの乳首にこすれて心地よさを倍増させていく。

「くううう……お、おいっ……」

「ウフフっ、気持ちいいでしょう？」

美月がイタズラっぽい目でニヤリと笑う。

（なんてエロいことしてくるんだよ……）

誰に仕込まれたのか、ますます嫉妬の気持ちが湧いてくる。

さらに今度は純平の足の間で四つん這いになり、湯をかけてペニスの泡をキレイに落としてから、舌を差し出して舐めてきた。

「うっ！」

思わず声が出て、腰がひくついた。

「やだっ、もう、ねちゃねちゃしたのが、出てるんですけどぉ……きゃはは、ねえねえ、降参？　ピュッ、ピュッさせて欲しいですって言えば、優しくしてあげるけど」

「い、言うかよ。おまえが咥えたいだけなんだろ」

強がりを口にすると、美月は、にひひと笑いながら、

「はーん、そういうこと言うんだぁ」

と、大きく口を開けて咥え込み、唇を根元の方まで滑らせていく。

「うう……」

分身が温かな口腔に包まれている。

湯船に入っていたときよりも、よほど温かい。押し包まれる湯気の中で、ぬちゅ、ぬちゅ、という音が響くほど、美月が激しく前後に顔を打ち振って、唇で甘く勃起の表皮をシゴいてくる。

（やばい、うまいぞ……くそっ、で、出そうになるっ）

尿道が熱くなり、ぷるぷる震えると、美月がちゅぽんとペニスを口から離して笑った。

「にひひ。あたしのフェラ、気持ちいいっしょ」

「……べ、別に」

「強がり言っちゃって。もしかして、チンポ舐められたの初めて？」

「あ、あるよっ」

人妻たちから何度もフェラはされているのだが、美月の舌使いはそれに負けず劣らず気持ちいい。

「へえ、あるんだあ。誰にされたんだろ」

そう言うと、再び咥え込んで頬がへこむほど強く吸引してくる。

「ああ、それまずいっ……」

思わず本音を口にしてしまう。

美月を見ると、うれしそうな顔をして、じゅぽっ、じゅぽっ、じゅぽっ、じゅぽっ、と音を立てて唇を滑らせてくる。

（やばい。口でイカされる。こ、このままじゃ沽券《こけん》に関わる）

ハアハアと喘ぎながら美月を見る。

可愛らしい顔は汗できらめき、目の下から頬にかけては、淡いピンク色に染まっている。

四つん這いの身体を見れば、大きな乳房が美月の顔の動きに合わせて、ぶるんっ、ぶるんっ、と揺れている。

(こっちも反撃だ)

されるがままなんてだめだと、純平は前傾し、美月のおっぱいに手を伸ばす。

「んっ……！」

美月がビクッと震えて、ジロリと睨んでくる。

「感じたんか？」

意地悪く訊くと美月は、じとっ、と睨んでから、また咥えてくる。

下腹部から込み上がってくる甘い陶酔感をこらえながら、純平は指に力を入れて乳房を揉み込んだ。

「んうっ……」

美月はくぐもった声を上げ、眉を歪める。

(や、柔らかいな、やっぱりこいつのおっぱい、すげえ揉みごたえだ)

乳搾りするような感じで、下から手を差し伸べて乳房の弾力を楽しんだ。さらに硬くなってきた乳首をいじると、

「んふっ……んんっ……」

美月が見あげてきた。

眉を八の字にして、せつなそうな顔をしている。

(しゃぶりながら……興奮してきてる……)

じりじりっと、尻が揺れている。

もどかしいのだろう。

だが、こちらも限界に近かった。

「お、おい。マジで出るって」

訴えると、美月が勃起を口から離して、媚びた目で見つめてきた。

「ねえ……しよ」

4

美月の部屋に行き、ふたりとも生まれた姿のまま、ベッドで抱き合った。

「ウフフ……純平……ギンギンっ……」

「う、うっさいなっ」

と憎まれ口を叩いたものの、くりっとしたブラウンの瞳で凝視されると、完全にノックアウトだ。

幼い雰囲気なのに、二十三歳の色香がたまらない。

甘い匂いをまとっているすべすべの肌をすり寄せてこられると、おかしくなりそうだ。

「ウフッ、純平……」

北欧の美少女のような美貌が近づいてくる。

こちらも顔を近づける。

「んぅうっ……んんっ」

引かれ合うように、ふたりは唇を重ねる。

昨日は軽いキスだったが、今度はお互いを求め合う本気のキスだった。

美月の手が、首の後ろにまわされた。

純平も美月の裸体をしっかり抱きしめ、夢中になって唇を押しつけていると、

「うんんっ……ぅうん……」

美月のくぐもった鼻声が悩ましく官能的なものに変わってきて、向こうから積極的に舌を差し出してきた。

昂ぶりつつ、純平も舌を動かして、ねっとりとからめていく。

（ああ……美月と、ベロチューしてる……）

子どもの頃から可愛らしかったし、妹と思いつつも性的な目で見てしまっていた相手である。

その美月と素っ裸で抱擁しながら、ディープなキスをしている。

興奮が止まらなくなり、純平は必死で美月の口の中をまさぐり、濡れた舌と舌をもつれ合わせていく。

「んッ……んッ……」

薄目で見れば、美月は眉間にシワを寄せた色っぽい表情で、舌をめいっぱい伸ばして、こちらの口の中をまさぐってきていた。

（キスって気持ちが通じるんだなあ）

愛おしさが募っていき、猛烈に勃起する。

それを隠すことなく、美月の下半身にぐいぐいと押しつけてしまう。

「んんっ……ああんっ、純平のスケべっ……」

キスをほどいた美月が、愛らしい目を淫靡にとろけさせつつ、上目遣いに見入ってくる。

「悪かったなっ」

そう言いつつ、左手で胸を揉み、乳首に吸いつく。

「あんっ」

美月がビクッとして、甘い声を漏らす。

もっと感じさせたいと、右手を股間に伸ばしていこうとしたときだった。

少しためらった。

(美月の陰部を触るのか……あの美月の……)

なんとなくタブーに触れる感じだ。なんせ何度も言うように、妹みたいなものだったのだ。

美月もやはり同じような気持ちなのか、純平が右手を伸ばしていくと、恥ずかしそうに股をキュッと閉じてしまう。

だが、胸を揉んだりキスしたりしていると、いよいよ美月の股が緩んできて、ドキドキしながら指をくぐらせた。

(うわっ……)

恥毛の奥が思ったよりも熱くぬかるんでいた。

両足を開かせると、

「あああ……」

と、美月が思ったよりも、恥ずかしそうな顔をする。

どうしてかと思ったら、美月のアソコが、ぬらぬらと蜂蜜をまぶしたように妖しくぬかるんでいた。

「濡らしてるじゃん」

煽ると、美月は息を弾ませながら、ムッとした顔を見せる。

「あ、あたしは濡れやすいのっ。純平だからってワケじゃないからっ……なあに、チンポ入れたくてしょうがなくなっちゃった？　童貞くん」

反撃とばかりに美月がからかってくる。

まだこちらを童貞と侮っているようで、ムカッとした。

よぉーし。

「童貞じゃないっての」

言いながらワレ目に鼻を近づける。

濡れそぼる美月の秘部は、ヨーグルトのような濃密な香りだ。

（いやらしい匂いさせて……）

その匂いに吸い寄せられるように顔を近づけ、下からワレ目をぬるっと舐めると、

「あっ……！」

美月はビクンッと震えつつ、驚いたように両目を見開いた。

「ちょっと、いきなり舐めるなんて……」

「いやなのか？」

訊くと、美月は困ったような顔をした。

かなり気持ちがよかったんだろう。

ならばと、両足を手で押さえつけて開かせたまま、強い酸味のある陰唇に、じっくりと舌を這わせていく。

「……ぁああ……あんっ、だめっ……」

美月がビクッ、ビクッとして、潤んで瞳を向けてきた。

《どうして？　なんか慣れてない？》

動揺を隠せない表情だ。

まさか自分が童貞と思っていた男に、感じさせられるなんて……そんな口惜しそうな表情だった。

なんならリードするつもりだったのだろう。

誇らしい気持ちになり、さらにM字開脚の恥ずかしい格好にさせたまま、指でワレ目を広げて、奥に舌先をこじ入れた。

「あ、ああっ、ああっ……んっ、んっ……はぁッ……ああん……」

どうにもならないという感じで、美月が真っ赤になりながらも喘いで腰をもじつかせている。

もっと感じさせてみたい。

純平はワレ目の上方にあるクリトリスを目指して、舌を伸ばした。

すると、

「くぅぅ！」

美月が激しくのけぞり、尻を震わせる。

やはりクリは感じるのだ。

今度は唇をつけてチューと吸い立てる。

「ああっ……そ、そこ、弱いのっ……純平っ、ダメッ、ああんっ、ダメッ……ダメッ、ダメぇぇ……」

美月は何度も顔を打ち振った。

それでも、もちろんやめるつもりはない。

美月はM字開脚したまま、じっとり汗ばんだ乳房が、たゆん、たゆん、と揺れ弾むくらい大きく身をよじる。

もう見てすぐわかるほどに乳首が屹立しっぱなしだ。その乳頭部を指でいじりながら、さらに強くクリを吸うと、

「……ば、ばかっ……いやっ……あああんっ」

美月は栗色の前髪ぱっつんヘアを振り乱し、ハアハアと息を弾ませながら、せつなそうに腰を浮かす。

(おお……可愛いっ)

もっとだ。

もっと追いつめたい。

純平は鼻息荒く、美月の膣穴に指を二本、奥まで刺し貫いた。

「あうぅ！」

いきなりの指の挿入を受けて、美月がクンと顎を上げた。

(す、すげえ……)

熱い蜜が指先を包み込んでくる。

食い締めかたも実にいい。

純平は、じゅぶ、じゅぶっ、と奥をかき混ぜながら、同時に上方の肉芽を窄めた舌で舐め転がした。

この同時責めは、さすがに効いたらしく、

「くぅぅ！　い、いやぁぁぁ、あああっ……」

美月は悲鳴を上げ、開脚したままシーツを握りしめる。膣口が締まり、出し入れしていた二本の指の根元が圧迫される。

「……ねえ……だ、だめっ……」

美月は泣き顔で、純平の腕をつかんできた。

「へへっ。イキそうなんだろ？」

口のまわりを愛液でべとべとにしながら、いつものようにからかうのだが、美月は神妙な顔つきで小さくうなずいた。

（へ？）

もっと怒るかと思っていたら、普通に「イキそう」と言われて、調子が完全にくるった。

（こいつ、セックスのときは、こんなにしおらしくなるんだな……）

感動しながら、さらに指で天井を捏ねていると、

「……イッちゃうからね？　ホントだから……」

潤んだ瞳で拗ねたように言われた。

「奥がいいんだな？」

こっちもからかうことなんかできなくなった。

美月はまた「うん」とうなずくので、それならイカせてやると意気込んで、舌が痺れるほどクリトリスを舐めまわし、指股が痛くなるほど奥まで入れてこすり上げた。

するとだ。

肉壁がまるで指を押しつぶさんばかりに収縮した。

そして、美月は恥ずかしそうな顔で目を伏せ、

「だめっ……純平……イク……」

それだけ言うと、目をつむり、全身を小さく痙攣させて、やがてぐったりしてしまうのだった。

5

「美月……」

ぐったりした美月を揺すると、美月は恥ずかしそうに口を開く。

「やば……純平にイカされちゃった……一生の不覚……ってか、あんた、ちょっとうまくない？」

訝《いぶか》しんだ目だ。

「だ、だから、童貞じゃないって言ったろ」

「うん……なんか、でも、やだ……純平がうまいなんて、やだ」

だだっ子のように頬をふくらませる美月を見て、苦笑するしかない。

「だからさ、俺もずっとこういう気持ちだったんだって」

素直に言うと、美月は複雑な表情をした。

「……そっかー。ビッチでごめん」

「いいんだけどさ……」

ふたりで布団の上で抱き合っていると、ふいに美月がじっと眺めてきた。

「ねえ……あたしとエッチしたい？」

「そりゃしたいけど……ゴムは？」

「……ない。けど、なしでしたい……ううん、気持ちいいからじゃなくて、純平と何も隔てなくてひとつになりたいの。時期も大丈夫だから」

「そう言われても……」

ためらうと、美月が、ぷっ、と噴き出した。

「相変わらず真面目ねえ」

そんなことを言いつつ、ウフフと笑ってキスしてくる。

「んう、んんんぅ……」

舌をからませて、ネチネチと音を立てるような激しい口づけにすぐに変わる。

（キス、気持ちいい……）

美月の甘い唾液と呼気。それを存分に味わいながら、夢中になって舌で口中をまさぐった。

「んふん……ううん……」

なんとなくわかる。

好き、という気持ちが美月から伝わってくる。

意識がとろけて、もう、美月のことしか見えなくなる。

「ねえ……して」

キスをほどいた美月が、ベッドに横たわる。

して、と言ったのに、恥ずかしそうに顔をそむけている。当然だろう、こちらも美月とセックスするなんて信じられない。

でも、美月の目は潤んでいた。

抱かれたいという欲望が、その表情に見え隠れしている。

「美月……」

もうガマンできないと、美月の両脚を広げさせて、いきり勃《た》ちを右手でつかみ、濡れそぼる媚肉に押し当て一気に腰を入れる。

「ああんっ……」

美月が顎を跳ね上げて、大きく背をしならせる。

のけぞったまま、つらそうにギュッと目を閉じて、眉間にシワを寄せた苦悶の表情で、ハアッ、ハアッと喘いでいる。

「くうう……」

一方で、純平も呻き声を漏らしていた。

熱い果肉がチンポにからみついてきて、気持ちがいい。

それに加えて、美月とひとつになったということにジーンと感動する。

「み、美月……」

入れながら名を呼ぶと、美月が目を開けてニコッと笑みを見せてきた。

「マジでしちゃったね……あたしでよかった？」

まさかの健気な言葉に驚いた。

「いいよっ……つーか……ホントはおまえとシタかったんだから……いいんだよ。おまえこそ、俺でよかったのかよ」

「よくない」

「は？」

焦って訊き返すと、きゃははと笑った。

「ウソウソ。好きだったんだから、いいに決まってる。というか、純平のチンポって、すごく奥までくるね」

苦しげな顔を見せながらも、美月が笑う。

「本気か冗談か、わ、わかんねえけど……いいなら、いいけどさ……あと、チンポとか言うな」

正常位で奥まで入れたまま、ゆっくりと腰を動かす。

すると美月が、

「あっ、あっ……」

と喘いで、苦しげな表情をする。

「痛いか？」

訊くと、美月は首を横に振る。

「痛くはないけど……やだ、ホントにおっき……」

せつなげに眉根を寄せ、困っている美月の顔にキュンとくる。

もう止まらないとばかりに、くびれた腰をがっちり持って腰を振れば、

「あっ、だ、だめっ……いきなりそんなっ……あっ……あっ……」

いよいよ美月は甲高い声を漏らして、感じた顔を見せてくる。

純平は腰を振りつつ、目の前で揺れる大きな乳房を揉みしだき、先端に唇をつけてチューッと吸い上げ、舌でねろねろと舐め上げる。

「ああっ、ああっ、あああっ……」

もう美月は余裕もないようだ。

ヨガりまくっている。

よおし、もっと感じさせたいと、前傾姿勢でさらに突く。

結合部からは蜜があふれ、ぬんちゃ、ぬんちゃ、と粘着音が大きくなっていく。

気持ちよくてたまらなかった。

突き入れるたび、美月の肉襞が包み込んできて、痛烈な甘い刺激が立ちのぼってくる。

「あんっ……あんっ……あんっ、気持ちいいっ、気持ちいいよぉ……純平……ねえ、ねえ……ギュッとして……」

汗ばむ美月の裸体をギュッと抱きしめながら、純平は唇を突き出した。

すると、美月がむしゃぶりつくように唇を押しつけてきた。

上も下もつながって、ひとつになる。

たまらなかった。

パンパンと打擲《ちょうちゃく》音が響き渡り、ぐちゅ、ぐちゅ、と、肉の摩擦音も大きくなっていく。

「あんっ……好きっ……純平……大好き」

キスをほどいて、美月が見つめてきた。

うれしかった。

ずっとその言葉を聞きたかった。

「好きだ……美月っ」

もう無我夢中だった。

巨乳に指を食い込ませながら、ぐいぐいと男根を抜き差しする。

突けば突くほど肉の密着度が増して、美月とひとつになってとろけていく感覚がある。

「ああんっ、いい、いいわ。あたし……やだっ、またイクッ……」

美月がすがるような目を向けてきた。

こちらも限界だった。

「俺も、もう……」

「あんっ……一緒に、一緒にいこっ」

美月の表情が、いよいよ切迫してきた。

こちらもたえがたいほど、切羽つまってきた。

それでも歯を食いしばって打ち込めば、

「イクッ……ああんっ……またイクッ、イッちゃうううう！」

美月が大きくのけぞった。

膣が痙攣する。

そのときだ。

「ああっ、み、美月……で、出るッ……」

どぴゅっ、と音がしそうなほどの激しい射精だった。

美月の中に熱い白濁液を注入する。

(俺、美月に……中出ししてる)

全身が震えて、脳天がとけてしまうかと思うほどの愉悦に、純平はうっとりと目を細めてハアハアと喘ぐ。

こんないい女が身近にいたんだ。

混浴温泉の旅はもうしなくていいな……。

さてせっかく書いたブログはどうしようかと思ったけど、これからは美月とのふたりでの混浴温泉の旅を書いていけばいいか。

幸せを噛みしめながら、純平は愛しい人の中に、すべてを注ぎきるのだった。


(了)

おいしい混浴温泉《こんよくおんせん》
〈書き下ろし長編官能小説〉

2023年４月24日　初版第一刷発行

著者……………………………………………… 桜井真琴

ブックデザイン…………………橋元浩明(sowhat.Inc.)

発行人…………………………………………後藤明信
発行所………………………………株式会社竹書房
〒102-0075　東京都千代田区三番町８－１
三番町東急ビル６F
email：info@takeshobo.co.jp
http://www.takeshobo.co.jp
印刷所……………………………中央精版印刷株式会社

定価はカバーに表示してあります。

竹書房ラブロマン文庫　近刊目録

※価格はすべて税込です。

好評既刊

長編官能小説
熟れ肉のとりこ生活
北條拓人　著
借金を負った青年は、アパート大家の美熟未亡人に誘われ、女たちの密かな欲情を満たす快楽のバイトにつく…！
803円

長編官能小説
とろみつ町中華
河里一伸　著
料理人の青年は町中華で常連客の美人教師やバイトの女子大生にチャイナ服で誘惑される…。中華誘惑ロマン。
803円

長編官能小説
つゆだく熟女めぐり
庵乃音人　著
美食めぐりをする青年は、訪れた店でおいしい料理とともに女体もつまみ食い…⁉　魅惑のグルメ官能ロマン。
803円

長編官能小説〈新装版〉
はなむけ慕情
八神淳一　著
急な転勤を命じられた青年は、後腐れなく快楽に浸りたい女たちから、かつてなくモテるが⁉　傑作誘惑ロマン。
803円